Karl August Woll

Gedichte

Karl August Woll

Gedichte

ISBN/EAN: 9783741114366

Manufactured in Europe, USA, Canada, Australia, Japa

Cover: Foto ©Andreas Hilbeck / pixelio.de

Manufactured and distributed by brebook publishing software
(www.brebook.com)

Karl August Woll

Gedichte

Gedichte

von

Karl August Woll.

Selbstverlag des Verfassers.

Speyer 1868.

Vorrede.

In die hochgehende Fluth literarischer Erzeugnisse will auch ich ein Büchlein werfen, vielleicht, daß es günstig aufgenommen wird und sich oben erhält, vielleicht, daß es untergeht und verschwindet. Es sind Gedichte, gesundem, pfälzischem Humor abgelauscht, Frühlings= und Waldlieder, Gelegenheitsgedichte und andere, ohne Prunk, so wie die Muse mir sie zu Zeiten eingegeben. Nach den Gedichten in Pfälzer Mundart von Kobell und Nadler hält es wohl schwer, in dieser Art humoristischen Schaffens einigen Erfolg zu erringen, dessen bin ich mir wohl bewußt; es wäre mir auch nie in den Sinn gekommen mit einer solchen Sammlung in die Oeffentlichkeit zu treten, wenn nicht der wiederholte Wunsch alter und junger Freunde mich hiezu ermuthigt hätte, die manches Gedicht für werth hielten, daß man es nicht verloren gehen lasse.

Der Dialect in den pfälzischen Gedichten ist nicht der eines bestimmten Ortes, sondern er enthält Worte und Ausdrucksweisen, wie sie hauptsächlich in der Vorderpfalz gebräuchlich sind.

So übergebe ich denn diese poetischen Versuche dem Publikum, insbesondere meinen pfälzischen Landsleuten, und hoffe, daß ich keine allzustrengen Kritiker finde. Wenn beim Lesen zuweilen eine Seele sich erheitert oder ein Freund die Erinnerung an den Verfasser auffrischt, so ist mein Wunsch erfüllt.

Speyer, im Mai 1868.

H. A. Woll.

Wort-Erklärung.

Achiele = essen.
Annerscht = anders.
Atzel = Perrücke.
Bajas = Hanswurst.
Bambeln = herabhängen.
Batroll = Patrouille.
Bäe = von einer Art Flanell, Bai, gemacht.
Bäm = Bäume.
Berschte stelle = aufbrausen.
Bermesens = Pirmasens.
Berschtel = Bürschlein.
Bitzler = neuer Wein.
Bodde = Boden.
Borzenellelasche = Kasperltheater.
Bredulje = Gewirr.
Buddik = Bude.
Böppel = Püppchen.
Crischkinnel = Christkindchen.
Därk = Türke.
Därkem = Dürkheim.
Teeresteen = Thürstein.
Tellche = Vertiefung.
Denne = diesen.

Dodel = Tölpel.
Dorgeln = hin- und her- schwanken.
Druf = darauf.
Duppe = treffen.
Dus = Dose.
Enüwer = hinüber.
Erlawe = erlauben.
Felwer = Hut.
Ferschte = Fürsten.
Fiez = mürbes Backwerk.
Frehe = sich freuen.
Gäsel = Geischen.
Gebappel = Geplauder.
Gedärrte Quetsche = dürre Zwetschen.
Gedrickelt = getrocknet.
Gegumpt = geschlafen.
Gehmer = gehen wir.
Gehle = gelbe.
Gelde = gelt Du?
Geschmuß = Geplauder.
Gewwel = Hausgiebel, Seitenmauer des Hauses.
Glawe = glauben.

Handel = Händchen.

Hawe = Hafen.

Häd = Haidekraut.

Hädegeld = Heidengeld.

Hämmer = haben wir.

Hufe = zurückgehen.

Hulaner = Uhlan.

Huzle = dürres Obst.

Innä = nein!

Jäckele = Jäckchen.

Kammer = kann man.

Kaut = Grube.

Kächele = Töpfchen.

Käschtel = Kästchen.

Kerwe = Kirchweihe.

Knotscht = knetet, wallt.

Köhlche = glühende Kohle.

Korjos = kurios.

Korze = Schnaps.

Leede, du kriegscht de Leede = es wird dir verleidet.

Mannem = Mannheim.

Mähschter = Meister.

Meenscht = meinst Du?

Nimmeh = nicht mehr.

Rucke = ein Schläfchen machen.

Odere = Adern.

O Basileus (eigentl. Basileu) kai 2c. = O König des Himmels und der Erde.

Ohlem = große Menge.

Owends = Abends.

Petze = trinke.

Pleede gehen = durchbrennen.

Puschtur = Gestalt.

Ranschire = in Ordnung bringen.

Rees = Reise.

Reschter = Reste.

Schanschire = wechseln.

Schälche = eine Tasse.

Schees = eine Chaise.

Schepp = schief.

Scherzel = Schürzchen.

Schilleh = Weste.

Schüchelcher = kleine Schuhe.

Simmer = sind wir.

Siwe = sieben.

Staab = Staub.

Stern = Stirne.

Stopper = Korkpfropf.

Uf = auf.

Uhze = foppen.

Verstawert = starr vor Schrecken.

Wammer = wenn wir.

Wärscht = Würste.

Wisse = Wiesen.

Worschtmark = Wurstmarkt.

Zickel = junge Ziegen.

Zieher = Heber.

Züwerle = Züberchen.

Inhalt.

I.

Pfälzisch.

———•❊•———

Im Winter hot mer Schnee un Kält
Un's Frühjohr bringt uns Rose;
Drum soll der Mensch uf dere Welt
Nit immer Trübsal blose.
Ich weeß, daß ich ke Meeschter bin,
Den Ruhm will ich verschmerze,
Drum nemmt die Sache, wie se sinn, —
Sie kumme aus'm Herze.

Der Bitzler.

(Herbst 1865.)

————

So neuer Bitzler hot die Krenk,
Do kammer sich versohle;
Do fallt mer glei vun Stühl un Bänk
Des soll der Deiwel hole.
Er laaft so lieblich dorch de Hals —
Mer hockt wie angeworzelt, —
Mer leppert als un leppert als,
Uf ämol — bauf! — geborzelt.

Do war ich Euch am Sunndag Nacht
Beim Löwewerth dehinne, —
Herrgott! haw' ich for Gäng gemacht,
For widder heem zu finne.
Un außerdem sin so die Been
Schun steifer bei uns Alte,
Ich hab mich an de Deeresteen
E paarmol misse halte.

Wie ich so vorgel, matt un voll,
De Angschtschweeß uf em Nacke,
Do kummt a grad noch die Vatroll,
O weh! wann die mich packe! —
Ich duck mich newe an die Wand
Un loß se ruhig kumme;
Ihr liewe Leut! wär des e Schand,
Aach noch e Nacht zu brumme!

Wie ich dann endlich heeme kumm,
For mich in's Bett zu stecke,
Do renn ich glei de Ofe um
Un Stühl in alle Ecke.
Un wie ich an de Kleeder zopp
Un sitz — des war nit iwel —
Do fallt mer a noch vun meim Kopp
Die Atzel in de Stiwel.
„Bleib liege, denk ich, Lumpepack,
Ich kann der jetzt nit helfe.“
Dann schlof ich awer wie e Sack
Bis annre Dag um elfe.

Un wie ich guck so vun der Seit,
For's Fenschter ufzumache,
Do stehn schun alle Nochbersleut
Vor ihrer Dehr un lache.
Was seh ich! — So; des war e Spaß,
Daß ich vor Zorn verzwatzel —
Mei kleener Schnautz hockt uf der Gaß
Un zaust an meiner Atzel.

Ich — 's Fenschter uf un ruf em fix —
En Stock dernoch geschmisse —
Un peif und peif — 's batt Alles nix,
Er hot se ganz verrisse.

Jetz gäb ich gern dem Viech le Schläg
Un däht en annri laafe,
Wann nor nit so des Stadtgespräch
Bun Maul zu Maul däht laafe.
Ja, neuer Bitzler hot die Krenk,
Do kammer sich versohle,
Do fallt mer glei bun Stühl un Bänk —
Des soll der Deiwel hole.

's Werschtel.

's isch schwer vun Mittags an bis Nacht
So drucke rum zu laaïe,
Drum geh' ich manchmol, wann sich's macht,
Am vier e Schoppe taafe.
Heut waren grad bekannte Leut
Am runde Tisch gesesse;
No, denk ich, guck — du kannscht aach heut
Glei was zu Owend esse.
Ich ruf de kleene Kellner her
Un trink mei Rescht inzwische;
Dann sag ich: „Schorsch, mei Glas isch leer,
Geh, hol mer noch en frische;
Dann bring mer, wie ich sunscht als hab,
E Werschtel, vun de zarte —
Da — hoscht en Gulde, zieh's glei ab
Un loß mich nit lang warte!"

     „„Ja, ja, schun recht, im Aageblick —
's kummt frisches aus'm Keller!""
Er geht un kummt dann aach zurück,
E Werschtel uf'm Deller.

Do war ke Stückel Haut meh druff,
Verroppt, versetzt, verrisse —
„Nä, sag ich, do hört Alles uff,
Des hot die Katz verbisse!"
Ich hab de Kellner angeguckt
Un loss en nimmeh springe —
„Was, sag ich, Kerl, du bischt geschuckt,
Wie kammer so was bringe?"
„„Ja, sehn se, sägt er, des isch schad —
Un lacht aach noch, des Verschtel —
Sie hän doch vorhin selbscht gesat:
Zieh's a glei ab, des Werschtel!"„

Der Fichtenodelschnuppduwak.

Der Fichtenodelschnuppduwak
Des isch mei gröscht Vergnüge,
Do kann mer mit der Dus im Sack
Deheem die Waldluft rieche.

Un wann emol die Waldluft geht,
Dann wachsen a die Blume,
Dann müsse Gras un Moos un Häd
Un Bäm un Hecke kumme.

E Jagd koscht jetzt e Hädegeld,
Die koscht e halb Vermöge,
Nor große Herre uf der Welt
Die kenne sich druf verlege.

Ich hab ke Jagd, ke Büchsesack,
Ke Hund, ke Flint zum Schieße —
Mei Fichtenodelschnuppduwak
Der loßt mich des genieße.

Ich nemm e guti, feschti Prif',
Do werd mei Geischt schun kühner;
Dann geh ich uf die Jagd un schieß
Die Hase un die Hühner.

Mei Lesosche, des isch mei Stock,
Do treff' ich Alles sicher,
Mei Stiefelzieher isch e Bock
Un Schneppe sin die Bücher.

Mei Jagdhund isch die Kleederberscht,
Der Stuhl — e Gaul zum Reite,
Do sing' ich, glücklich wie e Ferscht:
Im Wald und auf der Haide!

Des Jage bei de reiche Leut
Werd alle Dag noch schlimmer —
Ich krieg ke Gicht, versäum' ke Zeit
Un hab de Wald im Zimmer.

O Fichtenodelschnuppduwak!
Du bischt mei gröscht Vergnüge,
Do kann ich mit der Dus im Sack
Deheem die Waldluft rieche.

's Kochstudentche.

Zu Landa drowe im goldne Spieß
Do isch mer 's Herz gebroche —
Wie war des Mädel doch so süß,
Die dort hot lerne koche!

Gesichtel grad wie Milch un Blut
Un Aage wie die Kersche,
Un außerdem so lieb un gut,
Wer kann sich do beherrsche?

Bun Anfang war ich glei verdutzt,
's war Mittags vor em Esse,
Do hot se grad Salat gebutzt
Un war im Hof gesesse.

„Ach, Fräulein, sag' ich, der Salat
Der kann vun Glück doch sage,
Er werd mit gröschter Sorgfalt grad
Uf Ihrer Hand getrage;

Sie suchen a noch 's Herzel raus
Un halte 's hoch in Ehre,
Ach wann doch manche Leut im Haus
Nor a so glücklich wäre!"

Sie guckt mich an un sägt ke Wort
Un schmunzelt nor e Bissel,
Dann butzt se ruhig weiter fort,
Werft Herzle in die Schüssel. —

En annermol do guckt se her,
Die Aage ganz voll Thräne:
„Was, sag' ich, drückt Sie dann so schwer,
Wem gilt dann heut des Sehne?"

„Was? Sehne — sägt se — Gott bewahr',
O gehn Se, 's werd mer üwel,
Warum ich grein', des isch doch klar:
Ich schäl' jo grad e Zwiwel!"

So wollt ich ihr a in der Küch
En Strauß vun Rose schenke
Un hab gebitt, sie soll an mich,
In Lieb un Freundschaft denke.

Sie aber sägt: „O hören Se,
Sie sin so süß wie Zucker,
In unsrer Küch do stören Se,
Sie alter Häwelgucker!"

's hot nix genuxt, te Bild, te Wort,
Ke Strauß un te Präsentche;
Uf ämol Morgens war se fort —
Adje mei Kochstudentche!

Ich wer jetzt alt un krieg Verstand,
Mei Herz werd immer stiller, —
Sie awer wohnt im Owerland
Un hot en reiche Müller. —

Der Worschtmark.

Was nutzt des, wann ich schun als sag:
Ich fang jetzt an zu spare —
Wer werd dann uf den schöne Dag
Nit aach uf Därkem fahre?
Am Bahnhof kummt mer schier nit dorch
Vor Mensche, die do laafe,
Bun Speyer, Neustadt, Weisseborg,
Bun Worms un Ludwigshafe.
Ich steck e Sigar ins Gesicht
Un nunner uf die Wisse;
Do haw ich z'erscht der Mordgeschicht
Mein Kreuzer zahle misse.
E Stockfranzos bun Bermesens
Der schwenkt sei rothe Quaschte,
Un hinne danzt der Kaschper ens
Im Borzenelletaschte.
Im Circus blost die Musik fein
For all die Worschtmarksrentner,
Dernewe sieht mer 's Rieseschwein:
E Sau bun dreizeh Zentner.

Un noch e Rieseherschgeweih
Un 's Belzwerk vum e Tiger,
Aach Schwarze vun Botanibay
Un fremde wilde Viecher.

En Annrer kreischt: „Herein, ihr Leut!
Das sieht man nirgends besser!
Herein — hier producirt sich heut
Der wilde Menschenfresser!"
Ich geh do nei: E brauner Mohr
Der duht erschrecklich dowe,
E rothe Ring in jedem Ohr
Un in der Nas e Klowe;
Jetz kriegt er en lewend'ge Hahn,
Den reißt er ausenanner,
Dann hockt er sich un knuschpert dran,
Des macht er schön — des kann er.
Jetz rast er uf de Bretter rum,
Do fercht sich fascht e Jeder,
Dann trinkt er noch Petroleum
Un Lohkäs frißt er später.
Ja, denk ich, 's muß doch mühsam sein,
Den wilde Kerl zu halte;
Dann geh ich in e Buddick nein
Un trink en Schoppe alte.
Na, — den Spektakel, des Geklopp,
Des Brozle in dem Kessel,
Die Buwe, Mädle, Kopp an Kopp,
Un des Gezapp am Fässel!

Der ißt, der trinkt, der raacht, der singt,
Dort treffen sich zwee Schnupper,
Die will e Marktstück — un er bringt
E Faßberscht un e Schrupper.
Ich kumm aus der Bredulje raus
Hab nägscht mei Stock vergesse,
Dann geh ich in meim Freund sei Haus,
Die warten mit dem Esse.

Owends gehmer noch zum Bier,
's war ebbes noch be Zehne,
Uf emol seh ich hinner mir
En dicke Kerl, en kleene.
Der hot e Hähnche vor sich stehn,
Transchirt dran mit dem Messer
Un nagt die Knöchelcher so schön —
Wer war's: Mei Menschefresser.
„Was tausend — sag ich — guter Freund,
Ich will Sie nit verrothe,
Doch schmecken Ihne, wie mer scheint,
Die Hahne aach gebrote?"
„„Ja, sägt er, unser ächter Därk
Isch auße uf be Bilder —
Ich bin jo Nachts vun Matzeberg
Un nor am Dag e Wilder!""

Die Stroßelokemotiv.

Do war ich wege neue Faß
Erscht kerzlich drin in Speyer,
Uf emol seh ich uf der Gaß
Viel Leut' un Raach un Feuer.
Do war e großi Dampmaschin'
Un vorn e Walz derwedder,
Uf jeder Seit' e schwarz Kamin
Un hinne breete Redder.
Ich guck un guck — un frog expreß
Die Leut, wu bei mer ware:
„Ei, was der Deiwel isch dann des?
Was duhn se dann do fahre?"
„„Halt, sägt mei Nochber, nit so fix —
Do war nix zu verdiene;
Nä, Liewer, fahre duhn se nix,
Der Bodde hot ke Schiene.
Des Wasser treibt e kleeni Mühl,
Des wo se immer hole,
Un jedi Stunn — Gott weeß wie viel —
En ganze Ohlem Kohle.

2*

Un wammer meent, jetz schnorrts, jetz brennts,
Do isch die Walz gebroche;
Sie brauche jo vun Bermesens
Uf Speyer schier drei Woche.
Fahrt die Maschin am Dorf vorbei
Do kreische all die Kinner,
Die Bauregäul, die werre scheu,
Un Gäse, Küh' un Rinner.
Un wann se uf der Schosseh fahrt,
Do müsse se sich hüte —
Glei rechts un links e Schossehgard,
For Polizei zu biete.
Wann's ging, un ich hätt heut die Wahl,
Ich däht dem Ding nit traue;
Sie solle lieber dorch das Dahl
E Eisebähnche baue.
'S war gut gemeent, doch wann's nit duht,
Do kammer nix verdiene,
Un sin die Redder noch so gut,
Der Bobbe hot ke Schiene!"'
So hot der Speyrer Herr gesagt
Un hot e Pris' genumme;
Ich awer hab mich fortgemacht
For uf die Bahn zu kumme.

Die Bantingkur.

„Ach, liewer Mann, du werscht so dick
Un willscht nit uf mich horche,
Ich mach mer jeden Aageblick
Um dich die gröschte Sorge.
De ganze Summer nimmscht be zu —
Betracht dei neue Hosse —
Die muß ich um en halwe Schuh
Jetzt weiter mache losse;
An jedem Schilleh fehlt e Knopp,
Un 's Futter isch verrisse,
Was nutzt des, wann ich stopp un stopp —
Werscht neue hawe misse.
Un erscht — drum geh ich nimmeh mit —
Du däppelscht dorch die Stroße,
Un hoscht dann alle fufzig Schritt
Zu schnaufe un zu blose.
Guck, 's wär jo gar ke schweri Tur,
For was in's Bad zu reese?
Geh, brauch emol die Bantingkur,
Du hoscht debun gelese!"

„„Ja, liewi Fra, sägt do der Mann,
's muß was dehinner sticke!""
Er geht un frogt un loßt sich dann
E Bantingbüchel schicke.
„„Fraa, sägt er, awer, meiner Seel'!
Der do, der buht's em sage,
Ke Stärk, ke Zucker un ke Mehl,
Ke Grumbir in de Mage;
's gibt lauter Speck, des Lumpezeug —
's werd nix meh so genumme!
Jetzt weeß ich doch aach wie die Bäuch
Oft an die Mensche kumme.
Sei ruhig, Fraa, wann ich ders sag',
Des kann sich gar nit fehle;
Ich wett, du kannscht in verzeh Dag
Mir alle Rippe zähle!""

Un wie am annre Morge früh
Sei Leut be Kaffee trinke,
Do sägt er: „Weg mit dere Brüh,
Geh — hol e Bissel Schinke!
Un aach e Bissel Wein dezu
Bun unserm gute alte,
Un nochher loscht be mer mei Ruh,
Du weescht — ich muß mich halte."
Am elfe geht er in die Poscht
Die Speiskart visitire.
„No, denkt er, wann's aach ebbes koscht,
Ich muß be Bauch verliere.

E Ent', e Hahn, e Rehragu
Des sin gesunde Sache,
Die gibt em all der Banting zu,
Weil sie em mager mache."
Er halt sich werklich gut; mer siehts,
Er loßt sich nie versuche,
Ke Grumbir ißt er un ke Fiez,
Ke Zucker un ke Kuche.
Un wie er 's ball en Monat kann,
Do kummt die Fraa dehinner,
„Ja, sägt se, awer liewer Mann,
Du bisch jo gar nit dinner,
Du hörsch nor immer wie ich klag:
Dei Portmonnä werd leerer —
Du awer bisch seit verzeh Dag
E halwe Zentner schwerer!"

Der Frack.

Die Welt werd annerscht un die Leut,
'z gibt ganz en anner Wese;
Des hot mer erscht vor korzer Zeit
Bun Münche drüwe gelese.

E Jeder isch noch seim Geschmack
Zum Königsesse gange,
Sie brauche nit emol en Frack,
Des könnt mer doch verlange.

Wann Eener so zum Dinné laaft,
Isch nimme viel zu rothe;
Glei uf der Stell die Fräck verkaaft —
Sie kummen aus der Mode.

Uns Alte will's nit in die Köpp
Mit denne neue Bosse;
E bloer Frack mit gehle Knöpp,
Der war wie angegosse.

Ich hab noch een schun dreißig Johr,
So eene bun de alte,
Der kriegt aach 's Gnadebrod bevor
Un werd noch gut gehalte.

Wann ich mit dem — schön ufgeplanzt,
Die Crawatt glatt un ewe —
De Cobeljon hab vorgedanzt,
Herr Gott! des war e Lewe!

Do hän die Mädle all geguckt,
Die Mütter un die Tante,
No, 's hot mer Alles zugenuckt,
Sogar die Musikante.

Des war e Frack! Vor jedem Bahl
So verzeh Dag, drei Woche,
Do sin die Schöß, wie sunscht im Saal,
Im Schank schun rumgefloge.

Ich war emol so halber krank
Un wollt en Bahl verbasse —
Herr Gott! des Dowe in dem Schank,
Er wollt sich gar nit fasse.

Hätt' ich gesagt: Nä, 's werd nix draus,
Un wär beheem gebliwe,
Der Kerl, der wär alleen enaus
Un hätt' sei Zeug getriwe.

Des war e Zeit, ihr liewe Leut,
'S werd ke meh so gebore!
Frack! altes Haus — mit uns isch's aus,
Mer hän die Hoor verlore!

Die Strickschul.

Strickt nur, Mädelcher, strickt nur heut,
Loßt mer des Gebappel!
Wann er all recht fleißig seid,
Kriegen er en Appel.
        Ja Aeppel! nä — ich halt mei Maul —
        Jetzt kummt nix Guts meh vor mich;
        Dann ämol sin se halwer faul,
        Un 's annermol zu wormig.
        Die gute Aeppel sin jetzt rar,
        Mer braucht kee ufzuhewe.
        Wie ich deheem beim Vatter war,
        Ja, sellmol hot's noch gewe.
        Mir isch's noch heut als wie e Traam,
        's isch jetzt e Johre verzig, —
        Wie ware do an unserm Baam
        Die Aeppelcher so herzig!
Karolinche! ei du Gott!
Bischt e rechti Dodel,
Uf em Bobbe, kleeni Krott,
Guck, do leit dei Nodel.

Do ware se bun jeder Sort:
For Kuche, for zum Koche;
Die allerschönschte awer dort
Hot mer mei Schorsch gebroche.
Wie haw ich uf mein Schorsch mit Fleiß
Als draus gewart am Brunne,
Was hot mer der for schöne Sträuß'
Im Frühjohr als gebunne.
Un eemol hot er mich geküßt,
So glücklich un so fröhlich —
Ke Mensch hot was debun gewißt,
Als wie mei Mutter selig.

Anna, te so Staab gemacht,
's Butterbrod werd sandig —
Hol bei Klingel un geb Acht,
Meenscht, wie kumm ich an dich!

Zwee junge Leitcher, die so früh
Sich liewe un sich kenne.
Wie duhn doch oft die Mensche die
So unbarmherzig trenne!
Sei Eltre hän sich arg gewehrt,
Weil sie's nit leide wollte;
Sei Vatter hot nor ufbegehrt
Un immerfort gescholte:
„Des frisch Gesicht, die schöne Hoor,
Die nutzen dich weeß Gott nix!
A ba, was gew' ich do defor,
Du nimmscht se nit, sie hot nix!"

Katche, wann ich nüwer kumm:
Wer nit hört muß fiehle!
Viermol strickscht de jetzt noch rum,
Nochher därfscht de spiele.

 Ach wie mer so mei Schorsch verzählt,
 Bun meine Leut un seine,
 Des hot mich immer so gequält,
 Hab nix gedahn wie greine.
 Un mit dem Schelte un dem Streit
 Isch uns der Muth vergange,
 Mei Schorsch der hot vun seller Zeit
 Zu kränkle angefange.
 Noch in der allergröschte Noth
 Hab ich em Treu versproche, —
 E halb Johr später war er dodt
 Un mir war's Herz gebroche.
 Er ruht im Grab — un ich bin heut
 Bun aller Welt verstoße,
 Doch bring ich ihm zur Frühjohrszeit
 Die allerschönschte Rose.

Marieche, was greinscht dann du?
Geh mol her mei Herzel!
Gell die Annre hän ke Ruh?
Binn' emol bei Scherzel.
Strickt nur Mädelcher, strickt nur heut,
Loßt mer des Gebappel,
Wann er all recht fleißig seid,
Kriegen er en Appel.

Der Mähschterschuß.

Un wann mer sich aach noch so biel
In Acht nimmt mit dem Schieße,
Der Deiwel macht em doch sei Spiel,
Do muß mer's nochher büße. —

Ich hab' im Hof e Vogelsheck',
Recht schön, mit Messinggitter,
En Epheustock an jedem Eck,
Nor steht s' e bissel nibber.

Un ach! mei armer Dischtelfink,
Ich kann's fascht gar nit sage —
Der war doch so alert un flink
Un hot so schön geschlage. —

Mei Nochbersmann im Newehaus
Der hot en alte Kater,
Der stiehlt un raabt un fangt ke Maus
Un wou er hinkummt, schadt' er.

Der schleicht sich heut in aller Frilh
Crunner an mei Käffich;
Wart, denk ich, lumpig Katzevieh,
Krieg' du die Krenk, dich treff' ich.

Ich stell' mich hinner's Fenschtereck
Un lad' mei Flint mit Schrote —
Wupp! hupst der Kater uf die Heck
Un döpelt mit de Pote.

Doch ich nit faul, 's Gewehr gespannt
— Heut', Katz, heut kriegscht be Leede —
Bauf! — leit mei Dischtelfink im Sand
Un 's Katzevieh geht pleede.

Jetzt schmeiß ich glei die Flint eweg,
Mei Fraa, mei Kinner kumme,
Un hän dann traurig aus der Heck
Den Vogel rausgenumme.

Er strampelt noch so gut er kann
Un war schun am Krepire;
Ne, sag' ich, awer meent mer dann,
Daß so was könnt passire.

Un wann mer sich aach noch so viel
In Acht nimmt mit dem Schieße,
Der Deiwel macht em doch sei Spiel,
Do muß mer's nochher büße!"

Uf'm Poschte.

Jetz steh ich do ich armer Tropp
Un trag die Flint spaziere;
Die Sunn, die brennt mer uf de Kopp
Bun drei Uhr bis am viere.
Wie schön isch doch der Kriegerstand
For junge reiche Herre!
Doch 's Tags en Batze uf die Hand, —
Do möcht mer 's Deiwels werre:
Gebutzt, gewichst un exerciert,
Un Mittags Scheiweschieße,
Dann uf de Poschte abgeführt,
For Offezier zu grüße.
So geht's bun Früh bis Owends spät —
Bun Zeit zu Zeit noch Strofe, —
Un wann der Strohsackwalzer geht,
Dann kammer erscht nit schlofe.
Do hubsen in der ganz Kasern
Die Viechelcher, die rothe,
Mer denkt ans Liebche in der Fern
Un kratzt dabei nooch Note.

„Ach Gretel!" denk' ich dausendmol
Bei meine Dienschtstrawaße,
Un trink als Owends uf ehr Wohl
En Schoppe for e Baße.
Bun all de Sache aus meim Ort
Isch gar nix meh gebliwe,
Die Wärscht sind fort un 's Geld isch fort —
Hab geschtern erscht geschriwe.
Ach Gretel! 's blut mer 's Herz im Leib
Ich möcht for Heemweh sterwe,
Ich muß, wann ich am Lewe bleib,
In Urlaab, uf die Kerwe.
Sie sin deheem jetzt an der Frucht,
Do kennt ich helfe schneide,
Jetz werre draus die Leut gesucht,
Do käm ich grad in Zeite.
Deheem zu sein — ich gäb was drum —
De Rock mit sammt dem Krage;
Do schafft mer gern, mer weeß warum,
Mer hot doch was im Mage.
So Därrfleesch Mittags, Sauerkraut,
Un Grumbeereschnitz dernewe —
Ja so was — do werd eingehaut,
Herr Gott isch des e Lewe!
Un dann am Viere weiße Kees
Mit Schnittlach un mit Zwiwel —
Mir wässert's Maul jetzt — „Abgelöst!"
Ihr Brüder! 's werd mer üwel!

's Schellche.

„„Gell, Unkel, gell Du gebscht mer als
Den Rieme mit dem Schellche,
Ich häng's em Kätzel an de Hals, —
Un schmeechel em sei Fellche,
Dann loß ich's gehn un wann's dann aach
Als spautzt un 's Schwänzel ringelt,
Dann höre mer de ganze Dag
Wie schön des Schellche klingelt!"„

„Nä, Liewer, nä — do werd nix draus,
Die Schell is nit for Katze,
Des wär e schön Gelärm im Haus,
Un 's Kätzel bäht dich kratze.
Des Schellche kriegt der Hektor an
Im Wald heut bei de Schneppe,
Des hört der gern, dem liegt nix dran,
Der kann's viel leichter schleppe.
Is s' Schellche still, der Hektor steht —
Dann derf mer nimmeh hufe,
Un nor so lang des Schellche geht,
Do braucht mer als zu rufe:
„Suuuch, bä, bä, bä, bä, bä . . . ."

3

Der Unkel geht jetzt in be Wald
Mi'm Hektor naus spaziere,
Er hot em's Schellche angeschnallt,
For Schneppe zu buschire;
So lang der Hund recht eifrig sucht,
Do isch des Schellche gange,
Un unser Unkel ruft bedugt
Em Hektor in be Stange:
„Suuuch, dä, dä, dä, dä, dä . . . ."

So hot er immer fortgemacht,
Doch immer nix geschosse;
Un wie dann endlich kummt die Nacht,
Do hot's en doch verdrosse.
Er macht sich uf be Weg for heem,
Un noch im letzschte Dellche,
Do ruft er alsfort in die Bäm
Em Hektor mit em Schellche:
„Suuuch, dä, dä, dä, dä, dä . . . ."

Am nächschte Dag do geht der Alt
— 's war grad e Sunndagmorge —
Schön in sei Kerch, doch mache em halt
Die Schneppe als noch Sorge;
Er hockt sich nidder in sei Stuhl,
Duht nimmeh um sich gucke, —
Jetzt werd's em so allmählich schwul,
Fangt richtig an zu nucke.
Er hört ke Orgel meh un sieht
Ke Kanzel un ke Treppe,

Er macht sich jetz im Schlof noch müd
An de verfluchte Schneppe.
Un wie der Klingelbeutel kummt,
Un unne bambelt 's Schellche,
Do hot der Alt ganz laut gebrummt
Wie geschtern draus im Dellche:
„Suuuch, bä, bä, bä, bä, bä. . . ."

Bei der Tante.

„Gun Dag mei Kind! wie schön gebutzt! —
En ganze neue Mantel!
Hm! brauner Lama, wo net schmutzt, —
Geh geb mir aach e Handel!
Un guck, der Karl isch a dabei —
Der Karlche un die Rösel, —
Wie der so groß isch — ei, ei, ei!
Geh butz aach schön dei Näsel!
No gell, jetzt kummt aach 's Crischkinnel ball,
Do könnt ehr awer lache,
Des bringt de brave Kinner all
Viel schöne, schöne Sache.
Ja 's Mädche kriegt was un der Bu,
Des kann sich gar nit fehle;
Na, Rösel sag, was kriegscht dann Du?
Duh mer's emol verzehle!"
     „„Ich krieg e schöni Boppeküch,
Do kammer Feuer mache,
Do koch ich, Tante, als for Dich
Die beschte, süße Sache.

Un hinne steht a Bänkele
E Dischel un a Stühlche,
Un owe uf em Schänkele
Do steht e Kaffemühlche;
Un Dellerle un Gäwele,
E Käschtel for die Kohle,
E Züwerle, e Häwele,
For Wasser drin zu hole.
Un noch e Bopp mit Löckele
Un mi'me bloe Röckele
Un owe druf e Jäckele
Un hübsche, rothe Bäckele
Un weiße Spitzehösele —
Des Böppel, des heeßt Rösele!"„

„So so — na Karl, was kriegscht dann Du?
E Gäsel un e Zickel,
E großi, dicki Ruth derzu
Un noch e Belzenickel?
E Gockel mi'me große Maul
Un mi'me dicke Schnawel?"

„„Innä — ich will e Schockelgaul,
E Trummel un e Sawel!"„
„Nä halt! jetzt weeß ich was er kriegt:
E Mäusel un e Kätzel,
E goldig Engele, wo fliegt,
Un noch e großi Bretzel,
Un Nüss' un Aeppel, gell mei Kind,
Un Beere, ganze süße?"

„„Innä, — ich will e großi Flint,
For Böchel dobt zu schieße!"„
„O geh! do guck mei Böchele
Des frißt so schön sei Futter
Do unne aus 'm Kächele
Un ärgert nie die Mutter,
Un wann ich sag: Lieb Böchele schlaf!
Dann schloft's a — Rösel gelde?
Ja wär der Karlche a so brav,
Däh't nie die Mutter schelte,
Un bräucht en nit mit ihrer Ruth
Fascht jeden Dag zu dresche!"
„„Ei — sägt der Bu — der hot's a gut,
Der werd a nit gewäsche!"„

E Jagdstückel.

(E wohri Geschicht.)

———

S' gibt doch nix Schönres als die Jagd,
For een uf's Eis zu führe,
Wer do emol e Kunschtick macht,
Der kann sich gratulire.
Ich hab en alte Freund im Haus
— Er hot e Bort am Krage —
Der geht fascht jedesmol mit naus
Un duht gar emsig jage.
Na geschtern — wie des Ding so geht,
s' hot lang nix kumme wolle —
Uf ämol — scht! — der Feldmann steht —
Was sieht der in de Scholle?
Guuuhsch Feldmann! Feldmann hier!
s' Gewehr glei an de Backe, —
E Haas, so noh — mer könnt en schier
Grad bei de Löffel packe.
„Nä — denkt mei Alter — s' isch ke Art
En Haas lewendig fange;

Ich will dich ehrlich schieße, wart,
Ich wer der glei ens lange!"
Er stoßt en raus — hui! war der fix
Die Ackerforche drunne —
Bauf! — ämol nix! bauf! — wibber nix!
Jetzt hot der Haas gewunne..
„Zum Deifel — sägt er — därf ich nie
Mit dere Flint was wage,
Ei hätt ich doch des Lumpevieh
Glei vorhin dodtgeschlage!"
Mer annre Schütze hän den Spaß
Bun weitem angesehe,
Wart — denke mer — des gibt so was,
Do kann der Alt sich frehe.

   Na, geschtern Owend noch der Jagd
Do sitze mer beim Schoppe —
Mei Alter hot ke Wort gesagt
Un buht sei Peifel stoppe.
Der Unkel Adam isch ke Schütz
Un geht aach nie zum Jage,
Doch macht er gern e gute Witz
Un kann aach en vertrage;
Dem haw ich's vorher schun gesteckt
Uf was mer uns verlege.
Un wie en dann mei Alter neckt,
Er däht sei Bauch so pflege,
Un s' Schnaufe wär doch gar zu schwer
For all die dicke Herre,

Wann er nor aach e Jäger wär,
Do däht er dinner werre:
„„Ja — sägt der Unkel — hab's prowirt,
Mer kann de Bauch vertreiwe,
Doch isch mer ämol was bassirt
Un seitdem loß ich's bleiwe!"
— Jetzt rückt mei Alter näher bei
Un spitzt emol die Ohre —
„„Ja, ja, des war nit in der Reih
Dort haw ich mich verschwore:
Ich seh vor mir im Grumbeerestück
En Haas im Lager lige —
Denk ich noch an das Dier zurück,
Do möcht ich Gänshaut krige —
Ich stoß en raus un wollt en nit
Bum Hund verwitsche losse,
Ich schieß — un fehl uf siwe Schritt,
Hab zweemol druf geschosse!""
    Jetzt hot die ganze Jagdbarthie
So altgescheit geschmunzelt,
Mei Alter awer hot — un wie! —
Korjos die Stern gerunzelt.
„Halt — sägt er — des isch abgekart,
Ich kenn schun euer Spuhze,
Adam, Adam, Adam wart,
Wart, ich will der uhze!!"

Die Sternschnuppe.

"„Na, Alter, bleib' nit ewig aus,
Ich hab' Dich jetzt so selte;
Un bei dem feuchte Wetter draus
Do könntscht Dich leicht verkälte;
Da, hoscht die Schal for um de Hals,
Jetzt schon' dich nor e bissel —
Un warte duh ich jedenfalls —
Du hoscht doch aach de Schlüssel?"“

„Du duhscht, wie wann ich Nachts nit käm,
Geh mach mer doch ke Bosse —
Ich kumm gewiß am zehne heem
Du kannscht dich druf verlosse.
Adje!" — Ich schleich mich mäuselstill
Enunner in de Bäre,
Do hockt e Frember mit ere Brill
Un duht do was erkläre:
Ke Stillstand! sägt er, hot er gsagt,
Der Mensch muß immer lerne,
Zum Beispiel heut um Mitternacht
Do schießen alle Sterne;

Wie des heut werd, so war's noch nie,
E wahres Lichtgewimmel,
Vun zwölfe an bis Morgens früh
Isch Feuerwerk am Himmel.
Wer sich mit sowas nit befaßt,
Der muß noch ganz versaure —
Die Uhr gericht un ufgebaßt!
Jetz kann's nit lang meh daure.

Dann hot er noch vum Mond geredt
Daß dort ke Mensche wohne,
Korzum! ke Enz'ger wollt in's Bett
Des Ding, des war nit ohne.
Doch noch de zehne sag' ich leis:
Ich geh zu Fraa un Kinner!
Geh, sägt mei Nochber — ausnahmsweis —
Was isch dann do dehinner!
Dei Alt' dehem, die werd sich doch
Heut ohne dich gebulde,
Bst! Bawett, hörschte, bring uns noch
E Fläschel for e Gulde!

Ich geh mol naus, guck noch de Stern
Un stell mich an de Gewwel;
Ich seh nix als en alt Latern
Die flackert dorch de Newwel.
Der Deifel, denk ich, haus isch's kalt!
Un gar zu newlich ewe,
Drin hän die Stopper fescht geknallt:
Die Wissenschaft soll lewe!

Ja, ſägt der Nochber, s' iſch noch nix
Bis zwölfe müſſe mer wache,
Wie wär's, ich meen, mer könnten fix,
E klee Tarökfel mache?

Zwee annre hän dann glei genuckt,
Er miſcht, for abzuhewe,
Un kaum noch hab ich rumgeguckt,
Do war die Kart ſchun gewe.
Was war zu mache? Baß un baß —
Als klenner werd mei Häufel,
Am zwölfe waren mit dem Spaß
Drei Gulde ſchun beim Deifel.
Wie's Sterneſchieße kumme ſoll,
Do mußte mer dann gehe, —
Der Mond war voll, un ich war voll,
Ich hab ke Stern geſehe.
Hab ſchier mei Hausdehr nit gekennt —
Des werd e Suches koſchte,
Hab aach de Kopp noch angerennt
An mei Laternepoſchte.
Mit vieler Müh kumm ich in's Bett,
Do war ich dann geborge.
Die Fraa hot gar ke Wort geredt,
Sie hot's geſpart bis Morge.
Mer hot der Schädel fortgebrummt,
Wollt als noch Aſſe trumpe,
Bis daß die Fraa dann Morgens kummt
„Nä — ſägt ſe — ſo zu lumpe!

Ich sitz deheem un wart un wart,
Fang endlich an zu nucke,
Du hockscht im Bäre bei der Kart
Un lernscht dort Sternegucke.
Bleib du als schön deheem un lern,
Und loß dich so nit duppe —
Jetzt hoscht zwee Pause an der Stern
Un's ganz Quartal de Schnuppe!"

Die Sunndagsoper.

———

Jetz redt' mei Fraa drei Woche schier
Bun nix als Mannemgehe,
Sie käm 's ganz Johr nit vor die Dihr,
Sie wollt' 's' Theater sehe.
For uns natürlich uf'm Land
Isch sowas noch e Wunner;
Na, sag' ich, heut werd' angespannt,
Mer fahre jetz enunner.

    In Mannem hämmer eingestellt —
Am viere simmer kumme. —
Un hän uns glei for deires Geld
Sperrsitzbilljet genumme.
Dann simmer noch um's Kaafhaus rum,
Betrachten all' die Sache;
's' koscht wibber Geld — mer kaaft, korzum!
Was will mer dann do mache.

    Vor halwer sechse simmer nei,
's' hot früher angefange;
Bei dere Oper muß des sei,
Sunscht däht die Zeit nit lange.

Die Oehre fahren uf un zu —
Die Hüt'! die Hoor! die Fratze!
Ich kaaf mer beim e kleene Bu
E Büchel for drei Batze.
Jetz hänn f' uns in die letschte Bänk
Grad mitte nei gewiffe —
Nä, des Gedrick — mer kriegt die Kränk,
So werd mer rumgeriffe.
s' hot Alles s' Glas an's Aag gesteckt,
Des war de Leut ihr Erschtes;
Glei hot's geheeße: „Landcunfekt!"
„Horch, Bienche, sag' ich, hörschte's?")

    Jetz werd gestimmt, s' kummt Eener raus
Un fuchtelt mit feim Stecke,
Do fange fe an im ganze Haus
Die Köpp in d'Höh zu strecke.
Z'erscht geht des Ding ganz duhs un fein
Mit Geige und mit Flöte,
Nor hie un do bumpst Eener nein
Mit Pauke und Drumbete.
Dann geht's erscht los, wann's Enn ball kummt,
Herrgott! des Vitriole —
Der blost, der geigt, der paukt, der trummt,
Des isch zum Deifelhole.
Na endlich geht der Vorhang uf
Mer sicht en Platz, en große,
Do stehn schun widder Drumbeter druf
Un schmettere un blose.

Der König kummt un weist sei Kraft,
Er soll e Mädel richte;
Die hätt Een uf die Seit geschafft
Bun wege Erbgeschichte.
E bissel später kummt se a —
Sie trägt en schwarze Schleier —
Am annre Eck e Grafefraa,
Ehr Mann der Graf isch bei er.
Zwee Ritter treiwen ihren Schund,
En Alter und e Junger;
Der Een heeßt, glaw' ich, Teller am Mund —
Des kummt vielleicht vum Hunger.
Der anner kummt im Schifferkahn,
Den hot e Schwan gezoge
Er fangt mi'm Erschte Hännel an
Un sägt, er hätt geloge,
Nadürlich gibt's e Balgerei —
Der Een vertheidigt s' Mädel,
Un haut — Die Ritter stehn debei —
Dem Annre uf de Schädel.
Dann frogt er s' Mädel, ob s'en wollt,
's wär Alles schun im Klare,
Er däht se nemme, doch sie sollt
Sei'Name nie erfahre.
Der Anner hot sich nit gemurxt,
Un gibt sei Sach verlore.
Doch hot des Ding sei Fraa gefuxt,
Die fangt jetzt an zu bohre.

Sie sägt dem Mädel ganz bestimmt,
Ihr Held hätt sie betroge,
Sie soll doch vorher, eh s'en nimmt,
Um sei Papiere froge.

Des hot se Anfangs nit schenirt,
Doch heemlich wormt se's immer.
No gut — sie werre kopulirt
Un sitzen still im Zimmer;
Do geht's nadürlich lieblich zu
s' werd Süßholz fortgeraschpelt —
Doch hot se immerfort ke Ruh
Un hot sich glei verhaschpelt.
Nix rebbe — ja, des halt gar schwer,
Mer muß die Weiwer kenne —
Sie frogt ganz batzig, wer er wär,
Er soll sei Name nenne.
Uf eemol gibt's Spektakel — horch!
Der Teller am Mund mi' 'm Sawel!
Doch Unfrer bohrt en dorch un dorch
Un schilt: s' isch miserawel!
Dann kriegt sei Fraa die Abschiedsrebb:
Sie hätt's zu weit getriwe,
Wann sie ihr Maul gehalte hätt',
Dann wär er noch gebliwe.
Jetz' hot er s' Drehbrett ufgepackt
Un geht. — Dann sieht mer wibber
De König, wie im erschte Akt,
Un noch e Haufe Ritter.

4

Die sin vum Kreische blo un grin
Un werre immer matter,
Er sägt, er wär' der Lohengrin,
Der Parsewäll sei Vatter.
Des Mädel greint — doch bleibts. dabei —
Sie isch schier gar gestorwe,
Weil sie mit dere Frogerei
Sich die Barbie verdorwe.
Zum Abschied noch vermacht er ehr
Sei Horn un all sei Sache,
Dann wackelt schun der Schwan doher
Un schleppt sein große Nache.
No werd e Bissel rumgekrext,
Der Lohengrin — was duht er?
Er bet' — jetzt war der Schwan verhext
Un isch der Braut ihr Bruder.
Dann kummt e Daub behergeschnorrt,
Der Schwan, der werd begrawe,
Die schleppt de Held im Nache fort —
Des sollt' mer gar nit glawe.
Der Vorhang fallt un 's ganze Haus
Ruft: Bravo! — 's kann nix helfe;
Ich hol' emol die Uhr eraus —
Herr Gott! schun Vert'l uf elfe.
Jetzt kummt mer erscht noch lang nit los,
Weil sich die Dehre stoppe;
Un wie mer draus sin uf der Stroß,
Do regent's dicke Troppe.

Mer rennen dabber dorch die Gaß
In 's Werthshaus, wu mer ware;
Die Hüt kaput, verspritzt un naß —
So simmer heemgefahre. —
Bun Musik kenn' ich wuhl nit viel,
Ich kenn' nor unser Orgel;
Doch wer do mitduht bei dem Spiel,
Der braucht e guti Gorgel.

Der Schatz.

„Ehr Kinnercher doher gesetzt
Un buht ke Lärme mache,
Die Mutter, die verzählt euch jetzt
Aach schöne, schöne Sache!"
    Do sin se hortig bei der Hand,
Die Mariele un 's Käthche,
Un's Fritzche un der Ferdinand,
Die Kleenscht liegt schun im Bettche!
Die Kinner batschen in die Händ,
Hän um die Stühl gestritte;
Die Mutter guckt, ob's Feuer brennt,
Un setzt sich in die Mitte.
Der Fritzche strampelt mit de Been,
Un sturrt als an be Ofe;
„Geh, sägt die Mutter, folg aach schön,
Sei brav, sunscht muscht be schlofe.
Do guck, die Annre newedran,
Sin allmitnand viel bräver. —
Jetz horch, jetz geht mei Märche an:

„Es war e mol e Schäfer . . . .
Der Schäfer hot die Schoof gehüt,
Un treibt se an en Brunne,
Un wie er grad in's Wasser sieht,
Do hot er e Schatz gefunne.
Des waren Perle dick und schwer
Un große, goldne Kette, —
Ja, wammer aach emol wie der
En Schatz, en große hätte!
E Schatz, des is e Seltenheit,
Is arig schwer zu kriege
Un nor die gute, brave Leut,
Die wisse, wo se liege.
Dem Schäfer hot sei Herz gelacht,
Fascht kann er nimme stehe," —
„„Ei, Mutter! hot der Fritz gesagt,
Hab aach en Schatz gesehe!"“
„Was, sägt die Mutter, willschte mich
Belüge, du Schickaner?"
„„Nä — geschtern Owend in der Küch,
Der Bawett ihr Hulaner!"“

Die Pilzespore.

———

E guter Freund dun Heddelberg,
Der Herr Professer Feller,
Der kummt emol so üwerzwerg
Erunner in mei Keller.

Ich haw 'n Anfangs nit gekennt,
Drum war ich sehr begierig —
Mei Kellerlicht hot schlecht gebrennt,
Die Kerze sin so schmierig.

„Gun Dag Herr Fischer! ruft er 'rein,
Ich meen Sie duhn prowire,
Wie duht's? Wie steht's? was macht der Wein?
Ich wer' doch nit schenire?“

„„Guck, sag' ich, sin Sie a 'mol hie,
Des freet mich Herr Professer, —
Der do, des wär so was for Sie —
Die alte sin doch besser;

Den hewe Se mol an die Nas',
Ich denk, des Weinche macht sich —
Geh, Hannes, schwenk emol e Glas
Un zapp bun Nummro achtzig!

No gehscht de nuf zu meiner Fraa
Un sägscht, sie soll was richte —""
Der Herr Professer segt: „Abbah!
Was mache Se for G'schichte?"

„„Des macht jo nix, — ja do der Wein,
Des isch der bescht im Keller,
Nur nit so brandig sollt er sein
Un eppes kleenes heller.

Ich hab geschafft schun hin un her,
De Trub bum Wein zu bringe —
Do wär mer ball e Millionär,
Wann des em däht gelinge!""

„So, sägt der Herr Professer glei,
Do wolle mer's prowire,
Des isch jo doch ke Hexerei,
Mer muß nor dran stubire.

Die stickstoffhaltige Substanz,
Die duht beständig gähre,
Des isch e schimmelartige Planz,
Die loßt de Wein nit kläre.

Un all des Hefezeug im Wein,
's' sin mikroskopische Hülse,
Kummt do derzu die Luft enein,
Dann gibt's die Sporepilze.

Hätt' ich deheem in meiner Stub'
Nor etliche Butelle —
Do unne kann mer jo vum Trub
Ke rechtes Urtheil fälle!"

„„Na — sag ich — mir kummt's nit druf an,
Sie kriege vun demselle
Am Samschtag dorch die Eisebahn
E Kischtel mit Butelle.

Do treiwe Se ehr Studium
Un duhn sich dichtig ploge,
Un wann ich's Frühjohr nüwer kumm,
Dann will ich wibber froge.""

„Recht — sägt er — gut! Mer werre schun
De Annre was verzähle —
Der Wein werd hell als wie die Sunn,
Des kann sich gar nit fehle."

Mei Freund der hot noch lang geredt
Vun Kahne un vun Spore,
Uf emol sägt er selbscht, er hätt'
De Fade jetz verlore.

Ja, Rieslingpröbcher, Kellerluft, —
Un e Profeſſersmage. —
Do hot mer ball im Ohr, daß's bufft,
Der Deifel kann's vertrage.

Mir ſelwer war's bei der Geſchicht
Weeß Gott! e Biſſel warem,
Ich hol de Zieher un mei Licht
Un 's Männel in de Arem.

Un owe an der Kellertrepp —
Wup! — liegt meim Bu ſei Balle,
Do tret der Herr Profeſſer ſchepp
Un wär ſchier gar gefalle.

No hot er ſich verexkuſirt,
Er hätt ſo ſchlechte Aage; —
Ich hab en dann in's Haus geführt,
Mei Fraa hot ufgetrage.

Mer hän zum Schluß — es war ſchun ſpot —
E Pröbche noch genumme;
Er iſch dann grad mit knapper Noth
Noch recht zum Bahnhof kumme.

E paar Dag nochher haw' ich glei
Die Flaſche packe loſſe;
Mei Fraa hot wuhl krakehlt dabei
Un ſegt: Profeſſersboſſe!

Jetzt krieg' ich jedi Woch e Brief:
Es wär e Flasch gesprunge,
Im Uewrige wär er schun dief
Ins Studium eingedrunge.

E kleene Hooke hätt's nur noch,
Dann däht's em awer glücke,
Wum fünfunsechz'ger sollt' ich doch
E neui Sendung schicke. —

Jetzt weeß' ich nit, soll ich zurück,
Ich bin do arg im Zweifel:
Er hot jetzt nägscht e Vertel Stück,
Des wär dann wuhl beim Deifel.

„Nä, segt mei Fraa, jetzt hot's en End
Mit eure Pilzespore,
Der, wu de Trub vertreiwe könnt',
Der isch noch nit gebore.

Un kummt er wibber, mit der Brill
Un mit seim schwarze Felwer,
Dann sag ich, wann er's höre will:
„Mer treiwen 's Studium selwer!"

Dann der verdoktert unser Haus
Un leert uns all die Fässer,
Die Pilzespore bringt er raus, —
De Riesling awer besser!"

Der Spänbrenner.

Ich hab en reiche Mann gekennt,
Sunscht brav un ohne Fehler,
Nor hot er arig Spän gebrennt
Un war en Erbsezähler.

Am Sunndag geht er aus zum Wein,
Dann trinkt er een Halbschöppel —
Do schenkt er awer zehnmol ein
Un drückt am letschte Treppel.

Wann's gilt, wer Bolitik versteht,
Do kreischt er — 's kreischt jo jeder —
Wenn's awer an's Bezahle geht,
Do duht er so, als däht er.

En orntlich Imbs — do hot er Muth,
Do isch er an seim Poschte,
Sei Wahlspruch heeßt dann: Viel un gut,
Doch derf's am End nix koschte.

Vun Morjens früh bis Owends spät
Kennt er so fort achiele,
En Hahn, e Ent, e Stück Paschtet —
Des isch nor so zum Spiele.

Korz — 's Esse isch' sei schwachi Seit,
Do hot er was erfahre;
Verdaut viel meh wie annre Leut
Un möcht deheem doch spare.

Nä, denkt er sich, wu soll des naus?
Ich hab en kranke Mage —
Der Hunger koscht mich Hof un Haus,
Ich will's em Dokter sage.

Der Dokter, um sei Leut besorgt,
Hot allerlee Gedanke,
Er frogt un fühlt un kloppt un horcht,
Dann sägt er zu seim Kranke:

„Ja, liewer Mann, des koscht schun Müh,
Doch kenne mer noch helfe —
Am siwene Morjens Kaffeebrüh
Des langt nit bis am Zwölfe.

E Stückel Schinke wär schun gut,
Un aach e saurer Brote —
Doch geht Euch des zu stark in's Blut
Des derf ich Euch nit rothe,

Un doch soll for en starke Mann
E Grundlag' unne sitze.
Mei Beschtes was ich rothe kann:
„Früh Morjens Beereschnitze, —

Wann's aach gedärrte Quetsche sin,
Korzum — e Ladung Huzle;
Die kenne dann im Mage drin
Bun siwe bis zwelfe bruzle.

Am zwelfe trinken Wasser druf,
Recht viel, so zwee — drei Schoppe,
Do gehn die Huzle nochher uf
Un duhn de Mage stoppe.

Des langt bis Owends akkurat
Un macht Euch ke Moleschte —
Des Mittelche isch ganz probat,
's isch eens vun meine beschte!"

Der Dokter hot sich fortgebutzt,
For Schreiwerei zu spare;
Doch ob dem Mann s' Recept genutzt,
Des haw' ich nit erfahre.

Mayer.*)

1.

„Ei, was der Deifel isch dann los,
Daß heut die Leut so renne?
Mer hot jo vorhin uf der Stroß
Schier nit passire kenne."

„„Ja, Mayer seid ehr schun so alt,
Un des isch Euch entgange?
E Prinz isch hie, — den hänn se halt
Am Bahnhof draus empfange.""

„En Prinz? Was gehn mich Prinze an,
Was frog ich noch de Prinze, —
Die schnaufen wie en annrer Mann,
Nur große Herre sin se.
Ja ja, des isch so was for hie,
So recht Spektakel mache,
Um so was kümmr' ich mich jo nie —
Ich kenn' jo all die Sache."

---

*) Mayer ist der pfälzische Münchhausen. Er erzählt beim Wein seine Erlebnisse in München und in der Türkei.

„„O, Mayer, des isch jetz geredt,
Stellt nor nifglei die Verschte, —
Ei, meiner Seel, mer meent, ihr hätt'
Mit nix zu duhn als Ferschte.""

„Halt — schnerr dich nit! — zu meiner Zeit
Do haw' ich was gegolte,
Ja, — ich war oft bei große Leut,
Wann die was wisse wollte.
Ich weeß, — s' kann sein jetz verzig Johr,
Ich meen, s' wär verzig Woche, —
Do bin ich müd durch's Isarthor
In Münche eingezoche.
S' hot grad geregent, ich war naß,
E Schees war mir zu deuer —
Uf emol kumm ich in e Gaß,
Do ruft mer Eener: „Mayer!"
Ich guck, — do war e prächtig Haus,
Gehl angestriche meen ich,
Im owre Stock guckt Eener raus,
En Herr; wer war's: Der König.
„Ei, Mayer, sägt er, guck bischt Du's,
Du werscht mich doch beehre?
Eruff! — un mach nit viel Geschmuß.
Was sollschte Geld verzehre?"
Ich muß halt — dreckig wie ich war — ·
Dorch all die Zimmer gehe,
Der Staat, die Pracht! — ganz wunnerbar!
Hab so noch nix gesehe.

Na endlich kummt der König raus
Aus so're Stub' donewe;
„Guck, sägt er, des isch jetz mei Haus,
Jetz siehschte, wie ich lewe.
Do setz Dich, mach der's jetz cummod,
Un brickel Der die Kleeder,
Du ischt zuerscht e Käsebrod,
Der Kaffee kummt dann später;
Zieh aach e bäe Wämmsel an,
Schanschir aach glei die Socke,
Die werre an de Herd gedahn
Dann sin se morge trocke!"
Jetz rennt glei Alles, groß un kleen
E ganzi Mass' Lakaie,
Der erscht bringt Käs, un was for een,
Der zwett e Fläschel neue.
Un wie mer so am Trinke sinn, —
Der Wein war gut un deuer, —
Do kummt aach noch die Königin
Un sägt: „Guck do, der Mayer!"
Glei nochher werd e Kann dun Gold
Mit Kaffee ufgetrage.
Ei, sägt der König, Mayer, wollt
Ihr nit e Peifel raache?
Do isch der Duwak, stopp er sich,
Dann trink er noch e Schälche, —
Fraa, sei so gut, geh in die Küch
Un hol meim Freund e Köhlche!"

Jetz hämmer dann so fort gemacht,
Bis Mittags nooch be Viere;
Der König hot als oft gesagt,
Ich soll mich nit schenire.
Uf emol sägt er: „Weeß zwar nit,
Ob dich die Füß' nit beiße, —
Na, Mayer, wann Du willscht, geh mit —
Ich will der Münche weise!"
Dann setzt er uf be Kopp die Kron
Un loßt sich s' Scepter reiche,
„Guck, sägt er, so muß ich be Thron
An Neujohr als besteige!"
Dann hot er rechts un links genuckt,
Mer bummle dorch die Stroße,
Herr Gott, hän do die Leut geguckt,
Die Herre all, die große.
Ja wohl — e Johre verzig sin's,
Des ware schöne Zeite — —
Un ich soll wege so 'm Prinz
Mich um e Plätzel streite?

„„Na, Mayer, sagt, wie isch dann des,
Wart Ihr dann bei de Därke?
Ich glaab's nit recht, des sin so Späß',
Ich meen — ich däht was merke?""

„So, so — daß ich doch lüge sollt,
Hot mich schun oft verdroffe —
Wann Ehr mer nix meh glaawe wollt,
Dann könnt ehr's bleiwe losse!"

  „„Na, ärgert Euch nit, duht nur sacht,
Ihr müßt mich nur verstehe,
. S' hot Mancher schun e Rees gemacht
Un hot nix Rechts gesehe.
Do trinkt emol — e Tröppel Wein
Duht eem de Mage stärke,
Ich möcht, weeß Gott, ke Sultan sein —
Was trinke dann die Därke?""

„Die Därke — ja, was trinke bie,
Was kammer do viel sage;
Sie lebbern halt ehr Kaffeebrüh
Un schloofe viel un raache.
Ich weeß, wie ich beim Sultan war,
Do haw ich nix genumme" —

„„Was, Mayer, was! Warum nit gar —
Ihr seib zum Sultan kumme?““
„Do war ich, ja, des war e Kohl,
Sich dorch die Weiwer stehle!
Na — prost ihr Männer! trinkt emol!
Dann will ich's Euch verzähle.
    Ich bin emol Sunndags in die Kerch
Un wollt die Mufti sehe,
Der Bau steht owe uf eme Berg,
Der Därk nennt des Moschee.
Ich schleich mich hinne in en Stuhl,
Do waren Alte, Junge,
Un Weiwer, Kinner aus der Schul —
Herr Gott! hän bie gesunge!
Jetz stumpt mich hinner mer e Fraa,
Wollt mer s' Gesangbuch bringe —
Na, denk ich, kreische kann ich a,
Ich nemm's, fang an zu singe.
Die Mufti all in eener Reih,
Die losse sich nit störe;
Der Sultan awer war debei,
Ich haw' en huschte höre.
Er hockt so in ere Art Geflecht
Bun angestrichene Hölzer —
Uf emol steht er uf un sägt:
„„Jetz still! Ich hör' en Pälzer!““
Dann kummt er mit bedugtem Schritt, —
Bin ruhig dogesesse —

„„Hör, Mayer, sägt er, Du gehscht mit,
Du kannscht heut bei mer esse!““
Un fertig — ab. Die Kerch war aus,
Mer war's aach arig warem;
Der Sultan awer henkt mich draus
Ganz freundlich in de Arem.
En Mufti rechts, en Mufti links,
Kawasse, Kasnadare —
Ich sag Euch, nä — war des e Dings!
Was des for Kerle ware!
Die Pascha all! Ich fercht mich fascht —
Die viele krumme Säwel!
Na, endlich simmer im Palascht —
Ihr liewe Leut, was Möwel!
Glei rechts do war e klenni Dehr —
Ich seh' zwee Aage nucke,
Na, denk ich, was isch do der mehr,
Un wollt e Bissel gucke.
Der Sultan packt mich mit Gewalt,
Fangt an die Stern zu runze:
„„Des geht nit, Mayer, sägt er, halt —
Mei Harem! Do bleib vun se!““
„Na, sag ich, mache Se ke Gsicht —
Ich redd gewiß mit Keener,
Mer sinn uf des nit eingericht —
Was weeß do unser eener!“
Ich guck dann rum an alle Wänd,
Die Pracht isch nit zu schätze —

Jetz macht e Mohr sei Cumplement
Un sägt, ich soll mich setze.
Wie ich en sammtne Divan merk, —
S' war grad der schönscht vun alle —
Do hock ich mich, als wie e Därk,
Des hot'ne dann gefalle.
So därkisch sitze, des isch schwer —
Do braucht ehr nit zu lache;
Ich kann's vum Schneiderhandwerk her,
Do lernt mer all die Sache.
Jetz setzese mer en Turban uf
En Schlofrock, die Pantoffel —
Ja, denk ich, Sultan paß nur uf,
Der Mayer isch ke Stoffel.
Wie ich dann sitz, do war mer's glei
So schwabbelig im Mage,
Schnell bringt der Mohr en Schibuk bei
Un sägt, ich soll jetz raache.
Die Bernsteespitz, des Rohr, des Holz
Vun Gold und Silwer strotze!
Wie's orntlich brennt, do fang ich stolz
Uf därkisch an zu plotze.
Wie ich im beschte Raache war,
Do kummt e Hofbeamter
Un winkt mer als so sunnerbar:
O — denk ich — Kerl, verflammter!
Der führt mich dorch en lange Gang
Ganz hinne in e Kammer,

Do werd mer's doch e Bissel bang —
O weh, jetz sin se ammer!
Do waren Krahne üwerall
Un Marmorplatte unne —
Es rauscht als wie e Wasserfall —
Un in der Mitt e Brunne.

Jetz packt der Kerl mich fescht am Hals
Un greift mer an die Hosse —
Ich wehr mich scharf un wink em als,
Er soll's doch bleiwe losse.

S' hot nix genutzt, er schafft un schafft
Un loßt sich gar nit störe;
Ja, so en Kerl, der hot e Kraft
Do soll sich Eener wehre.

Er zieht mich pubbelnackig aus —
Vor Schrecke werd mer's üwel —
Dann holt er flugs e Berscht eraus
Un bringt e große Küwel.

Jetz warem Wasser uf de Kopp
Un kaltes uf de Buckel,
Als uf mich nei — ich armer Tropp,
Wie ich mich do verduckel!

Wie ich fascht nimme schnaufe kann
Wink ich, er soll sich dummle,
Jetz greift er erscht zur Berscht, der Mann,
Un fangt dann an zu summle.

Wie der mich knotscht, wie der mich trefft!
Ich hock als wie uf Kohle —

Ihr liewe Männer! des Geschäft
Des soll der Deifel hole.
Na wie er endlich fertig war,
Dann hot er mich gedrickelt,
Dann wer ich vun ere Sclaveschaar
In Dücher eingewickelt.
Kaum war mer's widder e Bissel wohl,
Sollt ich schun widder raache —
„Ich mag nit, sag ich, bringt emol
Doch ebbes for mein Mage!"

Ich kumm dann, wie des fertig isch,
Zur Wohnstub, do war Feuer,
Do sitzt der Sultan schun am Disch
Un ruft: „„Wie isch Der's, Mayer?""
„Ich danke, sag ich, Majestät,
Des wer ich nit vergesse;
Jetz bin ich sauwer un ich däht
Jetz gar zu gern was esse.
Glei loßt er nunner in de Hof
Was dorch en Mufti sage,
Do bringe se e ganzes Schoof,
Sie hänn's zu Zwett getrage.
Na, hungrig war ich uf des Bad
Un denk, ich geh derwedder —
Dann kummt e Schüssel voll Salat
Vun lauter Palmeblätter;
Der hot so grün erausgelacht,
So strack, mer könnt en reiwe,

Un war mit Leinöl angemacht
Un mit Citronescheiwe.
Dann kummt e Knowlochfricassee
Un Zickelspannekuche,
Dann angesetzte Stärk — o weh!
Soll ich dann des versuche!
Zu guter Letscht noch Eselsmilch,
Pilaf in große Platte, —
Na, denk ich, wann ich des vertilg,
Do bin ich ball de Ratte.
E Gawel war do nit bekannt,
E Messer nor e Bissel,
E Jeder langt halt mit der Hand
Enüwer in die Schüssel.
Bun Wein ke Red, bun Bier ke Sproch,
Ich duh em Mohr als winke,
Ja, meent der, ich soll nooch und nooch
Als Rosewasser trinke.
Ich plog mich halt un works mich ab,
Hätt möge närrisch werre —
Uf emol greif ich zu der Kapp
Un sag: Adje, ihr Herre!
Ich hab jetz satt bis an de Hals
Bun Eure Essensspeise, —
Kummt ehr emol in unser Palz
Do will ich Euch was weise.
So Sauerkraut un Lewerknöpp
Un Schweineknöchel, frische —

Ihr Därke, ja, ihr arme Tröpp,
Bei so was kammer wische.
Bei uns dehem hot jedes Ei
Zum wenischte zwee Dotter,
Doch in der rauliche Därkei
Werd em der Mage lotter.
Bei uns dehem sin alle Leut
In ihre Köpp viel heller,
Die Lewer uf der Summerseit,
En schöne gute Keller;
So Bitzler vum e gute Johr,
Dozu gebrotene Keschte,
Des zieh ich Eurem Kaffee vor,
Des isch doch s' Allerbeschte.
Un mer verstehn aach was vum Käs,
Mer hän aach gute Kuche —
Korzum! Jetz macht emol e Rees,
Dann könnt ihr mich besuche!

    „„Ja, sägt der Sultan, mer sin dumm —
    Die Palz hot anner Feuer;
    Wann ich emol in die Gegend kumm,
    Besuch ich mein Freund Mayer.""

Ich dank de Herre for die Gunn,
Weil sie so freundlich ware,
Dann bin ich noch e halwi Stunn
Im Bosporus gefahre.

Herr Gott! war mir's im Bauch so hohl,
Bedenk nur, wann de wannerscht. —
Ihr liewe Männer! trinkt emol,
Bei uns isch des doch annerscht."

II.

Welt und Wald.

Es wird im Wald manch Vöglein schlicht
Des Singens sich befleißen,
Ob Einer lauschet oder nicht,
Das ändert nicht die Weisen.

Frühlingsleben.

Mein liebster Freund! das ist der Wald
Mit seinen Tannen und Buchen,
Drum zieh' ich auch im Frühling bald
Hinaus ihn zu besuchen.
Und wenn ich manchmal noch nicht weiß,
Ob ein Besuch zu wagen,
Dann schickt er mir ein Blüthenreis
Und läßt mir Grüße sagen.
Die Mädchen tanzen vor dem Haus,
Es balgen sich die Buben —
Nun wandre ich zum Wald hinaus,
Ade, ihr engen Stuben!
   Und vor der Stadt ein frischer Ost
Durchfegt den grünen Rasen,
Den Pappeln wird der Winterfrost
Aus dem Geäst geblasen.
Die Spatzen seh'n die Giebel an,
Ob noch ihr Nest geblieben,
Und treiben ihren Schlendrian,
Den sie im Winter trieben.

Die Finken denken an ihr Nest
Und flattern in den Hecken,
Die Raben halten Hochzeitsfest,
Sie geh'n in schwarzen Fräcken.
Die Dohle will von ihrem Thurm
Seit gestern nichts mehr wissen,
Denn so ein frischer Furchenwurm
Ist doch ein feister Bissen.
Bachstelze balancirt gar stolz
Da unten an dem Weiher;
Der Rothschwanz huscht in's Balkenholz
Und neckt sich mit dem Freier.
Grasmückchen prüft die Gärten hier,
Und sinnt auf neue Weisen,
Zaunkönig schlüpft in sein Revier
Und hadert mit den Meisen.
Es haben sich die Elstern heut
Zur Dieberei verschworen,
Und krächzen ihre Ehrlichkeit
Den Leuten in die Ohren.
Es steigen, Lieder in der Brust,
Die Lerchen aus den Schollen,
Sie wissen kaum vor Frühlingslust,
Was sie nur singen sollen;
Und oben in dem Himmelsblau
Begegnen sie den Staaren,
Die sagen ihnen ganz genau,
Wo sie im Winter waren.

Nun kommt der Storch vom fernen Riff
Und holt sich seine Reiſer,
Er ſteuert wie ein Segelſchiff
Und wandelt wie ein Weiſer.
Doch ſah ich ihm nicht lange nach,
Sein Neſt wird ihm gelingen,
Er bringe andern, was er mag,
Mir hat er nichts zu bringen.
Und tiefer ging ich in's Gebüſch,
Um Veilchen mir zu holen,
Da ſchlug die Nachtigall ſo friſch
Zur Probe die Triolen.
Ich trat heran zur Sängerin,
Als hätt' ich was zu ſagen,
Sie muſtert keck mich, wer ich bin,
Und fing dann an zu ſchlagen.
Sie ſang ſo ſüß, ſie ſang ſo rein
Und ließ ſich nimmer ſtören,
Mir ſchien's ein Liebeslied zu ſein —
Ihr müßt es ſelber hören.
Nun kam ich an des Waldes Rand —
O fröhlich Wiederſehen!
Es bot mir jeder Aſt die Hand —
Ich konnt' es wohl verſtehen.
Und als ich in den grünen Saal
Zuerſt hinein getreten,
Da war es mir mit einem Mal,
Als müßt' ich leiſe beten.

Und alle Wipfel flüstern mit,
Es neigen sich die Stangen, —
Ich aber bin mit leisem Tritt
Tief in den Wald gegangen.
Das trockne Laub und das Genist
Hat mir den Fuß geglättet,
Drum hab' ich eine kurze Frist
In's Moos mich hingebettet.
Da lockt zuerst der Finkenschlag
In fröhlichen Accorden,
Bis nach und nach der ganze Haag
Ein Jubellied geworden.
Die Amsel singt, so viel sie kann,
Den Drosseln um die Wette,
So daß ich einsam stiller Mann
Fast mitgesungen hätte;
Ein alter Gimpel lauscht der Schaar
Und spreizet sein Gefieder,
Er merkt sich für das nächste Jahr
Die allerschönsten Lieder.
Der Kukuk leiert sein Signal
Zur neuen Frühlingsfreude;
Die Spechte hämmern allzumal,
Die wackern Zimmerleute.
Eichkätzchen tanzt und hüpft behend
Von einem Ast zum andern,
Der Wintervorrath ist zu End',
Nun heißt es rüstig wandern.

Ein Hase scherzt mit seinem Sohn
Vor einem dunklen Tännchen,
Sie lauschen — und rennen und eilen davon
Und machen ihre Männchen.
Die Rehe schreiten sacht daher
Und weiden unverdrossen,
Ja, hätt' ich auch ein Schießgewehr,
Ich hätte keins geschossen.
So weilt' ich lang, in stiller Brust
Die schönsten Frühlingsträume,
Ich habe gar nicht mehr gewußt,
Daß ich die Zeit versäume.
Wie hat der liebe Wald so lang,
So viel zu mir gesprochen,
Und erst nach Sonnenuntergang
Da bin ich aufgebrochen.
Was hab' ich aus dem Waldrevier
Für Wonnen mitgenommen —
O wären niemals andre mir
In's stille Herz gekommen!
Ich trug am Hut ein Birkenlaub,
Beim Heimweg durch die Gassen,
Und all mein böser Winterstaub,
Er hatte mich verlassen.

Wasgau-Lieder.

1.

Abschied.

Nun will ich in die weite Welt
Mit frischer Wonne eilen,
Und draus in Wald und Flur und Feld
Die alten Wunden heilen.

Wohl seh ich keinen nassen Blick,
Um mich kein stilles Sehnen,
Ich laß kein trauernd Lieb zurück,
Das meiner denkt mit Thränen;

Ein Wirth ist nirgends mir bestellt,
Der mich willkommen heiße,
Doch ist die frohe Brust geschwellt.
Von mancher schönen Weise.

Will mit den Böglein weit und breit
Nun fingen um die Wette,
Ach wenn ich doch zur Frühlingszeit
Nur hundert Kehlen hätte!

Wie prangt die Welt in Pracht und Prunk,
Das ist ein fröhlich Wandern —
Beim Einen bitt' ich einen Trunk
Und Obdach bei dem Andern! —

2.

Im Wald.

———

Die Sorgen hatten sich einquartirt
Und wollten bei mir bleiben,
Und was ich gegen sie probirt,
Das. konnte sie nicht vertreiben.

Ich grübelt' und studirte sehr
In manchen trüben Tagen,
Doch kamen täglich immer mehr
Und ließen sich nicht verjagen.

Da bin ich endlich in den Wald
Recht tief hinein gezogen;
Hei, wie sind da die Sorgen bald
Zerstoben und verflogen!

Wie wird mir hell und froh die Brust,
Hier in den dunkeln Tannen —
Nun kommt ihr Sorgen, habt ihr Lust,
Ich weiß euch jetzt zu bannen!

———

3.

Sonnenschein.

Goldne Sonne! Deine Strahlen
Sendest Du durch ew'ge Zeiten,
Wirkend, weckend, wärmend Alles,
In den allerfernsten Weiten.
Doch Dein Himmelslicht zu fassen
Gibt es gar verschiedne Weisen:
Anders in den fernen Polen,
Anders in den Wendekreisen.
Also Gottesliebe, reine,
Gibst Du Deine Gluth von oben;
Doch im Eise wohnt der Eine
Und der Andre in den Tropen.

4.

Sturm.

Die Nacht bricht ein, unheimlich schwer,
Gebärend trüb ein dunkles Wetter,
Der Sturmwind scheuchet vor sich her
Die trock'nen, abgeriss'nen Blätter.
Und immer dunkler steigt's hervor,
Wie schwarze Wogen tief im Westen, —
Ein Blitz zerreißt den dichten Flor,
Ein Knall durchdröhnt des Himmels Vesten.
Nicht wagt ein Thier in diesen Graus
Geängstigt scheu hineinzutreten —
Es sucht der Mensch sein wirthlich Haus,
Um still die Allmacht anzubeten.
Mich aber jagt ein stummer Drang
Durch Wald und Flur mit trübem Sinnen,
Ich trage ja mein Leben lang
Den ärgsten Sturm im Herzen drinnen.

5.

Waldnacht.

Tiefe Stille, heil'ger Frieden
Hält nun Wald und Flur befangen,
Und am nächt'gen Firmamente
Ist der Mond heraufgegangen.
Zartgewebte Abendwölkchen
Seinen Silberrand umspielen,
Ob nicht etwa seine Strahlen
Sich in ihnen möchten kühlen;
Und der Felsen schroffe Spitzen,
Ragend aus dem Forst, dem alten,
Bilden in dem Zauberlichte
Nächtig kühne Truggestalten.
Abendwinde, leise lispelnd,
Küssen sanft die jungen Blüthen,
Daß ihr Hauch nicht etwa störe
Diesen heil'gen Waldesfrieden.

In den alten Wettereichen
Ist's ein wundersam Gebahren,
Sie erzählen sich die Mährchen,
Einst gehört vor tausend Jahren.
Flimmernd spiegeln sich die Sterne
In des Weihers nahen Fluthen,
Glänzend hell wie Edelsteine,
Die in seinem Grunde ruhten.

6.

Trifels.

———

Es stieg die Morgensonne
Heraus aus gold'nen Thoren,
Und hat zu neuer Wonne
Den neuen Tag geboren.

Die Schatten all, die dunkeln,
Im Aethermeer verschwanden,
Auf Au und Wiesen funkeln
Des Thaues Diamanten.

Die Vögel in den Lüften
Mit frischem Sang sich wiegen,
Und ich, aus Thal und Klüften,
Bin auf zur Höh' gestiegen.

Da steh'n im Morgenschimmer
Des Schlosses ries'ge Mauern,
Die als verfall'ne Trümmer
Um früh're Größe trauern.

Und tief zu meinen Füßen
In weit gezognen Räumen,
Viel Städt' und Dörfer grüßen
Aus fruchtbar üpp'gen Bäumen.

Wie frisch die Segel schwellen
Des Schiffleins auf dem Strome,
In dessen grünen Wellen
Sich spiegeln alte Dome;

Sie sah'n durch manch Jahrhundert
Den Strom vorübergleiten,
Und blicken nun verwundert
In unsre bösen Zeiten.

Ihr deutschen Heldenahnen,
Ihr kräftigen Gestalten,
O wollet uns ermahnen
In Treue festzuhalten!

So blick ich still versunken
In diese Lenzgefilde,
Mein Herz ist wehmuthtrunken
Von diesem Wunderbilde;

Mir ist's wie Gluth der Sonne
Im Herzen nun geblieben —
Wie will mit glüh'nder Wonne
Dich Vaterland ich lieben!

7.

Bärbelstein.

Wie lebte auf dem Bärbelstein
Der Ritter ohne Sorgen,
Er war ja auf dem Felsen sein
Vor jedem Feind geborgen.
Wenn ihn die Morgensonne weckt
Durchstreift er seine Grenzen,
Er brauchte kein Reformprojekt
Und keine Conferenzen.
Die Hirsch' und Rehe schoß er frei
Und hatte keine Schulden,
Und zahlte für die Jägdlerei
Nicht einen einz'gen Gulden.
Sobald der Braten ihm gebricht,
Dann schoß er einen neuen,
Trichinen staken auch noch nicht
In seinen deutschen Säuen.
Und wenn er Abends heimwärts schlich,
Da kam sein Lieb gegangen,
Die küßte er gar wunniglich
Auf ihre rothen Wangen.

Und unter'm Schloß im Felsenloch,
Im allertiefsten Orte,
Da lag vom Kästenbuscher noch
Die allerbeste Sorte.
Das war ein schönes Trinkgelag
In hoher Erkerkammer,
Man hatte an dem andern Tag
Nicht einmal Katzenjammer.
So ging es auf dem Bärbelstein
In alten deutschen Tagen,
Nun schaut er trüb in's Land hinein
Zertrümmert und zerschlagen.
Nun lieg' ich da, bei einem Strauch
Am Thurm im grünen Rasen,
Und werde von dem Wasgauhauch
Gar weidlich ausgeblasen.

8.

Fleckenstein.

———

Das war der stolze Fleckenstein
Den meine Blicke schauten,
Was mußten das für Recken sein
Die solche Burg erbauten!
Viel Gänge birgt das Felsenhaus,
Das wetterfeste, harte,
Hoch oben blickt in's Land hinaus
Des Schlosses kühne Warte.
So hängt sich steil am Simse fest
Der Mörtelbau der Schwalben,
So baut der stolze Aar sein Nest,
Im Felsengrat der Alpen.
Das war ein thatenreich Geschlecht
In alten deutschen Tagen,
Das sich für Ehr' und Ruhm und Recht
Gar ritterlich geschlagen.
O großes deutsches Vaterland,
Das manchen Held geboren,
Wie hast du doch an fremde Hand
Viel Herrliches verloren!

Es führt ein Weg zur Trümmerhöh',
Ein steiler, ungebahnter;
Da hört' ich plötzlich: Nom de Dieu!
Et puis! — comment descendre?
Und ein französischer Gendarm
Stand oben an der Leiter,
Mir ward's im deutschen Herzen warm
Und ruhig ging ich weiter.

9.

Wasenstein.

Ich lag am alten Wasenstein
Im weichen Moos im Grünen,
Der Morgensonne gold'ner Schein
Bestrahlte die Ruinen.
Wo kühn der Fels herniederschaut,
Umdornt von Brombeerhecken,
Da ist die stolze Burg gebaut,
Der alten deutschen Recken.
Und an dem ries'gen Mauerrest,
Zerklüftet und zerspalten,
Da klammert sich der Epheu fest
Und will die Trümmer halten.
So rankt sich aus der Heldenzeit
Herein in uns're Tage,
Von deutscher Kraft und deutschem Streit
Die ewig frische Sage.
 Der Falke seine Kreise zieht,
Und späht um Raub herunter,

Ich aber las das alte Lied
Der Helden der Burgunder:
Wie sie den Walther hier gesucht,
Sein süßes Lieb bedrohten,
Und wie sie fielen in der Schlucht,
Vom Königssohn der Gothen.
Wie er mit starker Heldenhand
Die Feinde all' erschlagen,
Daneben aber zürnend stand
Der alte grimme Hagen. —

Und wie ich so im Blätterbach
Von alten Sagen träume,
Da wurden um mich allgemach
Lebendig all' die Räume.
Im Erker lehnt ein stolzes Kind
Und blickt in's Thal hernieder,
In ihren Locken spielt der Wind
Und lauscht auf ihre Lieder.
Im Hofe unten dröhnt der Schritt
Der Ritter und der Knappen,
Sie satteln nun zum Siegesritt
Die kampfesmuth'gen Rappen.
Da naht ein Held mit Schild und Sporn
Und blanken scharfen Waffen,
Er sprach zu mir in derbem Zorn:
„Was hast du hier zu schaffen?
Das ist ein altes Heldenschloß
Aus einer Zeit der Thaten,

Das euer Diplomatentroß
An euerm Feind verrathen.
Was hilft Dich am Gemäuer hier
Dein stummes deutsches Träumen,
Wenn wälsche Steine hinter dir
Den deutschen Wald besäumen?
Wenn Ihr die deutsche Kraft zerstört
In schnödem Bruderkriege,
Und abermal, von Haß bethört,
Verloren seid im Siege?
Ihr gabt dem Feind den Wasenstein,
Den deutsches Lied besungen,
Bald holt er auch im alten Rhein
Den Hort der Nibelungen.
Geh fort von hier, und wie Ein Mann
Mögt dem Verrath ihr wehren,
Erst wenn ihr eine That gethan
Dann magst du wiederkehren!"
  So sprach der Held und trat in's Thor,
Umstrahlt von hehrem Schimmer,
Ich fuhr im Traume rasch empor
Und starrte auf die Trümmer.
Es ragt der Thurm auf steiler Höh',
Vom Sonnenlicht beschienen,
Ich aber schlich mit stillem Weh
Mich fort aus den Ruinen.

An den Frühling.

O lieber Lenz, was soll das sein,
Was läßt du uns denn warten?
Wir sitzen noch im Kämmerlein,
Statt draus im frischen Garten;

Statt uns durch holder Blüthen Pracht
In Feld und Wald zu locken,
Gibst du uns, Böser, über Nacht
Noch kalte, weiße Flocken.

Noch schleicht der Bach durch's öde Thal,
Noch ist kein Grün zu schauen,
Noch hat kein warmer Sonnenstrahl
Geküßt die todten Auen.

Ein einz'ger Storch kam aus Südwest,
Den fror es an den Beinen,
Er blickt von weitem nach dem Nest —
Ging wieder zu den Seinen.

Wenn du die Blüthen noch versagst,
Die weißen, blauen, rothen,
Und noch nicht selber kommen magst,
So schick' uns deine Boten.

O schick' uns bald die Nachtigall
Mit süßen Melodieen,
Die wird die andern Sänger all'
Zur Sangesprobe ziehen.

Die Lerchen laß im Sängerzug
Frischauf zum Himmel fliegen,
Sie haben wahrlich lang genug
Gehungert und geschwiegen.

O Frühling komm' im Siegesschritt
Und gib uns neues Leben,
Mir aber bring' die Freuden mit,
Die du mir sonst gegeben!

Thauwetter.

Noch deckt die Erde ringsumher
Die starre, weiße Hülle;
Wie ist die Flur so hoffnungsleer,
So kalt, so öd, so stille!

Und aus der Einsamkeit heraus
Betrübt die Bäume ragen,
Sie tragen einen weißen Flaus
Und träumen von schönen Tagen.

Drum haben auch die Vögelein
Die starren Träumer verlassen,
Sie wanderten all' in's Dorf hinein
Und lungern in den Gassen.

Doch endlich zerreißet die Sonne den Flor
Bestrahlet die starrende Fläche,
Da schmelzen die Massen und brechen hervor
Und füllen die Rinnen und Bäche.

Die Bäume schütteln auch mit Macht
Die tropfende Decke herunter —
Es hat die Sonne heute vollbracht
Ihr erstes, mächtiges Wunder. —

So war mein Herz in langer Nacht
Von starrem Eis umschlossen,
Doch als ihm die Sonne der Liebe gelacht,
Ist rasch das Eis zerflossen.

Winter.

Der Himmel gibt ein Ruhgewand
Der Erd', mit weißem Schleier,
Die Raben krächzen scheu im Land,
Des Aases gier'ge Freier.

Es braust und tobt der Sturm dahin
Und scheucht die eis'gen Flocken —
Ich aber sitze am Kamin
Im Stübchen warm und trocken.

Die Blätter glüh'n im Pfeifchen auch,
Ihr Duft durchzieht die Räume;
So hol' ich mir aus blauem Rauch
Viel alte, schöne Träume.

Entschwunden ist die goldne Zier,
Des Frühlings ew'ges Wunder,
Nun mal' ich einen neuen mir
In's stille Herz hinunter.

Da sprudeln Quellen, hell und frisch,
Und mächt'ge Bäume ragen,
Und auf den Blüthen im Gebüsch
Die Nachtigallen schlagen.

Auch Freunde, die mir längst der Tod
Und Glück und Amt genommen,
Sie müssen rasch auf mein Gebot
In's stille Stübchen kommen.

Nun schwellt die Brust, die Stirne glüht,
Der Becher macht die Runde,
Es schallt ein feurig Jugendlied,
Wie einst in trauter Stunde. —

So schau ich sinnend stumm und still
In meine Rauchgespenster —
Ein Vögelein, das Futter will,
Umflattert meine Fenster;

Dich armes Vöglein hungert sehr,
Du sollst mit mir dich laben —
Ich kenne dich vom Frühling her,
Du sollst dein Futter haben!

Der Waffenschmied.

Es stürmt der Wind durch Wald und Feld,
Durchbraust die alten Eichen,
Nun, da der Frühling Einzug hält,
Muß rasch der Winter weichen.
Wie eilt der Held so stolz heran,
Vor ihm ein brausend Wetter,
Das fegt aus Wald und Wiesenplan
Die alten, dürren Blätter.

Im Thale unten läßt der Bach
Sein frisch Geriesel hören,
Daneben steht ein nied'res Dach,
Umschirmt von düstern Föhren.
Das ist die Schmiede wohlbekannt,
Heut' sprühen keine Funken —
Drin sitzt ein Mann, gelehnt zur Wand,
Gar tief in sich versunken.

Da hört er draußen einen Schritt
Vor seiner niedern Schwelle,
Und an den schweren Ambos tritt
Ein rüst'ger Waidgeselle.

Am Hute keck ein Birkenreis,
Die Büchse auf dem Rücken,
So naht er freundlich jetzt dem Greis,
Die Hand ihm derb zu drücken.

„Gott grüß' Euch, alter Waffenschmied,
Ihr könnt so düster schauen,
Nun, da ein frisches Frühlingslied
Geht durch die deutschen Gauen?
Wo alle Herzen, neu entzückt,
Von Wonne überfluthen,
Sagt, lieber Alter, was Euch drückt —
Was macht das Herz Euch bluten?"

„Hab' Dank für Deinen frischen Gruß,
— Erwidert d'rauf der Alte —
Wohl gibt der Frühling seinen Kuß
Der Au, der Flur, dem Walde;
Doch in dem kranken Herzen mein
Ist starres Eis begraben,
Da ziehen keine Schwalben ein,
Da wohnen böse Raben. —

Ich seh' mein liebes Vaterland
Am Abgrund böser Zeiten,
Wenn Brüder sich mit blut'ger Hand
Um blut'ge Beute streiten.
Die Zwietracht hetzt im stolzen Nord,
Sie schürt im schönen Süden,

Bis daß im ganzen Reich sofort
Des Krieges Flammen wüthen;

Ich seh' die Krieger all' zu Hauf
Das Vaterland zerrütten,
Zum Himmel schlägt die Flamme auf
Aus Burgen und aus Hütten.
O welch' verderblich schnöder Sieg,
Den solcher Kampf geboren,
Wenn deutsches Volk im Bruderkrieg
Sein bestes Blut verloren!

Des Hasses Saat, in raschem Lauf
Gesä't in allen Gauen,
Sie hat gekeimt und sproßt nun auf
Und blüht zu Tod und Grauen.
Und wenn der Eintracht letzter Rest,
Die Treu' und Liebe starben,
Dann naht das böse Erndtefest,
Dann naht der Tag der Garben;

Dann bricht der alte Feind herein —
Denn machtlos sind die Starken —
Er zeichnet keck das Mein und Dein
Und schädigt uns're Marken.
Er wird mit fremdem, schnödem Tand
Die deutsche Sitte fälschen,
Ein fremdes Banner weht im Land,
Das Banner stolzer Wälschen!

O, Jüngling, siehst Du an der Wand
Das rost'ge Schwert inmitten,
Damit hab' ich für's Vaterland
Bei Leipzig einst gestritten;
Der wälsche Stolz ward dort gedämpft,
Das hat viel Blut gekostet,
Doch was wir Männer dort erkämpft,
Das ist, wie's Schwert, — verrostet! —

Das ist das Leid, deß schwere Wucht
Im Herzen ich getragen,
Daß noch kein deutscher Mann versucht
Ein deutsches Wort zu sagen.
Das ist das Weh, das ist das Eis,
Das sind die bösen Raben,
Die mir, dem alten, schwachen Greis,
Den Lenz verbittert haben!"

    Der Alte sprach's und starrt zur Wand,
Zum alten Schwerte oben;
Der Jüngling aber hat die Hand
Zum heil'gen Schwur gehoben:

„Allmächtiger! behüte mich,
Laß dorren meine Rechte,
Eh' ich im Kampfe freventlich
Gen deutsche Brüder fechte;
Eh' ich verlasse, feig und schwach,
Die heil'ge deutsche Fahne,

Und zu des Vaterlandes Schmach
Dem Feind die Wege bahne!
O laß den Bösen dieser Zeit
Ihr Werk doch nicht gelingen,
Und bald das Band der Einigkeit
Uns alle fest umschlingen!"

Theorie und Praxis.

Da bin ich in das Dorf hinein
Jüngst zum Besuch gekommen,
Und sieh! ein schönes Töchterlein
Hat mir mein Herz genommen.
Sie saß des Abends auf der Bank,
Geschäftig an dem Rocken; .
Wie war sie zart, wie war sie schlank,
Mit vollen, blonden Locken;
Wie war ihr Aug' so blau und licht,
Wie rosig Mund und Wange;
Ich blickt' ihr sinnend in's Gesicht —
Es ward mir heimlich bange.
Das Rädchen schnurrt ihr so geschwind,
Es regt sich rasch ihr Händchen;
Ich aber spielte wie ein Kind
Am rothen Rockenbändchen.
Ha — wie mein Herz vor Wonne schlug,
Das Auge strahlte heller;
Der Vater holte einen Krug
Vom Besten aus dem Keller.

„O liebes Kind, so sprach ich froh,
Du Schönste auf der Erden?
Ich bin ein freier Studio,
Kann Allerlei noch werden.
Ich liebe Dich, mein Herz ist Dein
Und soll auch Dein verbleiben,
Ich will Dir aus der Heimath mein,
Manch hübsches Briefchen schreiben!"
„„Ihr seid mir, sprach sie, unbekannt —
Es darf Euch nicht verdrießen —
Drum, wie viel Morgen habt Ihr Land,
Und wie viel Morgen Wiesen?""

Frühjahrsfeldzug.

Der alte Graubart, Ritter Winter,
Und seine groben, kalten Kinder,
Und alle die noch zu ihm passen,
Sie haben nun das Land verlassen.
Der junge Lenz mit seinen Schaaren
Auf Wolken kommt daher gefahren;
Als seine Boten ziehn die Stürme,
Umbrausen Hof und Haus und Thürme
Und rütteln allwärts in den Bäumen:
Es sei genug jetzt mit dem Träumen,
Es sollen alle die Genossen
Nun wieder treiben frische Sprossen;
Es dürften jetzt auf Flur und Halde
In Thal und Höh', im frischen Walde
Die Thierlein all' hervorspazieren,
Sie würden nun nicht mehr erfrieren.
Die Blümlein soll'n aus den Verstecken
Nur kühn die holden Köpfchen strecken,
Der Winter hab' Reißaus genommen,
Und werd' sobald nicht wieder kommen!

So hat auf Feld und Flur und Rasen
Der Sturm des Lenzes Gruß geblasen.
Schneeglöckchen spitzt einmal das Ohr
Und bricht aus dem Versteck hervor.
Doch sieh! dort hinter dem Gemäuer,
Fürwahr, da ist's nicht recht geheuer, —
Da stehen düstre, alte Föhren,
Die wollen nichts vom Frühling hören;
Der Winterschnee hat seine Kraft,
Die letzte noch, zusammengerafft,
Und hält, von Baum und Wand gedeckt,
Des Eises Nachhut, sich versteckt;
Will da, mit starrem Spieß und Lanzen,
In bösem Grimme sich verschanzen.
Schneeglöckchen hat den Feind entdeckt,
Und rasch die Nachbarschaft geweckt;
Dann hat's den grimmen Feind verrathen
Dem Märzenveilchen, seiner Pathen.
Und durch die Glocken wird's bekannt
Allüberall im ganzen Land;
Man läßt sogar den Bäumen sagen,
Sie soll'n sich rüsten auszuschlagen.
Nun rückt das ganze Heer der Pflanzen
Zum Kampfe aus mit Helm und Lanzen
In grüner Uniform; voran
Als Hauptmacht geht der Löwenzahn,
Der hat gezogene Kanonen,
Und schwere Bomben und Patronen.

Dann folgen Kürassiere gut,
Ein Regiment des Eisenhut;
Schwertlilien mit blanken Waffen
Die machen viel dem Feind zu schaffen.
Die Reiterei in grimmem Zorn
Wird kommandirt vom Rittersporn.
Die Distel will die Feinde spießen,
Sogar Salat verspricht zu schießen.
Das Löwenmaul hat vor indessen,
Den Feind lebendig aufzufressen.
Ihm hilft dazu ein starker Lümmel
Vom Land, der dicke Junker Kümmel.
Nun kommt ein Herr mit viel Geschmack,
Dabei sein Heer mit Sack und Pack;
Er rückt mit Siegesmuth heran,
Das ist vom Stab Herr Majoran;
Er reitet auf und ab gar schnell
Und denkt an Dame Pimpernell.
Als ihn zum Kampfe rief die Pflicht,
Gab er ihr ein Vergißmeinnicht.
Goldlack und Sternkraut auf der Brust,
Zieht er zum Kampf mit frischer Lust.
Nur einer macht ein schief Gesicht,
Der Sauerampfer — armer Wicht —
Er hat sein Lieb, nach tausend Küssen,
Maßliebchen nun verlassen müssen.
Der Mohn ist Pulverlieferant,
Und hat zur Warnung weit ins Land

Ein rothes Fähnlein an der Spitze,
Daß man vor Unheil sich beschütze.
Schmalzblume kocht für all die Truppen
Mit Löffelkraut viel gute Suppen;
Saubohne und die Ochsenzungen,
Schafgarbe und das Kraut der Lungen,
Sind kommandirt zum Proviant
Und ziehn herum im ganzen Land.
Mit Kassenführung ist betraut
Die Münz' und Tausendguldenkraut.
Die Straßen, die zum Feinde führen,
Muß Wegwart gut recognosciren,
Der Himmelsschlüssel, ein frommer Mann,
Er ist der würd'ge Feldkaplan.
Herr Balsam ist als Arzt im Feld
Und Doctor Salbei angestellt;
Der Schachtelhalm und die Kamillen,
Sie reiben Apothekerpillen.
Die Tulp' ist Marketenderin,
Hat Himmelsthau im Fäßchen drin.
Nachtschatten schleichet ernst und stumm
Im Lager Nachts als Wach' herum. —
  So stürmt beim ersten Sonnenschein
Das ganze Heer mit Macht herein,
Die blanken, scharfen Waffen blitzen,
Da fängt der Feind schon an zu schwitzen,
Von seinen Truppen ganze Haufen
Versuchen schon das Ueberlaufen.

Bereit zum Sterben oder Siegen
Läßt Löwenzahn die Bomben fliegen,
Salat und Gras, das Schützencorps
Sie schießen überall hervor;
Waldmeister denkt nicht mehr der Hasen,
Er läßt alsbald zum Sturme blasen;
Die Nesseln, Disteln und die Kletten,
Sie stürmen vor mit Bajonnetten.
Die Sonne scheint mit warmer Gluth,
Der Feind vergießt sein letztes Blut,
Nach heißem Kampf an allen Orten,
Ist nun sein Sieg zu Wasser worden.

Und im Triumph verkünden laut
Die Bäume, Blumen, Gras und Kraut,
Daß heut der Frühling hat gesiegt,
Der Feind in seinem Blute liegt.

Nun wird von Jungen und von Alten
Ein froher Kriegsrath abgehalten,
Daß man nach Formen und Gebühren
Dem König Lenz soll gratuliren.
Drauf wählte man aus allen Landen
Die schönsten Helden zu Gesandten;
Die brachten nun dem Himmelssohne
Erst Ehrenpreis und Kaiserkrone;
Versprachen dann im Lauf der Zeit
Noch eine ganze Herrlichkeit
Von edler Frucht in allen Farben,
Und süßen Wein und reiche Garben.

Sie hatten auch noch für die Küche
Viel guten Stoff und Wohlgerüche,
Viel bunten Schmuck und farb'ge Bänder
Zur Zier für Kleider und Gewänder.
Dann riefen sie durch alle Welt:
„Hoch König Lenz, der starke Held!"
Und auch die Vöglein allenthalben,
Die Finken, Amseln, Spatzen, Schwalben,
Sie stimmen in das Lied mit ein:
„Der Lenz soll unser König sein!"
Die Kinder all, nach langer Ruh',
Sie jauchzen froh dem Lenze zu.

Und hast du noch bis jetzt geträumt,
Beim Frühling gar Besuch versäumt,
So geh', du mürrischer Gesell,
Sonst bist fürwahr du ein Rebell —
Rasch eile aus dem dumpfen Haus
Und pflück' dir einen frischen Strauß,
Verscheuch' den Trübsinn aus der Seele
Und singe laut aus voller Kehle:
„Willkommen, lieber Frühling mein,
Du sollst mein Herzenskönig sein!"

Der Eremit und der Wanderer.

(Ballade nach dem Englischen.)

„O führ mich einsam durch die Nacht
Du Eremit vom Thal,
Dorthin, wo jenes Licht uns lacht
Mit freundlich hellem Strahl;
Die Ruhe hab' ich lang ersehnt,
Müd' und verlassen hier —
Unendlich weit und lang gedehnt
Liegt öd die Flur vor mir!" —

„„Mein Sohn! rief da der Eremit,
Dies Licht Verderben droht,
Es lockt Dich treulos, weicht und flieht —
Und bringt Dir sichern Tod. —
Dem müden Wandrer hier im Thal
Biet' ich die Hütte dort;
Und ist auch spärlich nur mein Mahl,
Doch würzt's ein herzlich Wort.
Nun da die Nacht schon düster droht
So theile freundlich Du
Mein Binsenlager und mein Brod,
Gebet und stille Ruh.

Kein Thierlein tödt' ich mit Bedacht, —
Das Morden mag ich nicht,
Da mich verschont die hehre Macht,
Ist Schonen meine Pflicht.
Auf grüner Flur hab' ich gesucht
Mein einfach schuldlos Mahl,
Die Speise ist die süße Frucht,
Der Trank, der Quell im Thal.
Nicht ird'sche Sorge sei Dein Ziel,
Verscheuch' die Sorge weit.
Hienieden braucht der Mensch nicht viel,
Das Wen'ge kurze Zeit!"" —
    Sanft wie der Thau vom Himmel steigt,
So klang sein mildes Wort —
Der Fremdling still sich tief verneigt
Und folgt dem Mann sofort.
Und in der Wildniß dicht und tief
Da lag ein kleines Haus,
Wo schon manch armer Wandrer schlief,
Verirrt in Nacht und Graus;
Nicht mochten ird'sche Schätze hier
Dem Herrn zur Sorge sein,
Denn unverschlossen führt die Thür
In's niedre Haus hinein.
Der Lärm der Welt da drinnen ruht,
Des Lebens Müh' und Last —
Der Eremit schürt eine Gluth
Und pflegt den müden Gast.

Er zieht manch würzig Kraut hervor,
Viel Früchte frisch und bunt,
Der Fremdling lauscht mit gier'gem Ohr
Des Wirths beredtem Mund.
Ein trautes Kätzchen, ungestört,
Sein reinlich Kleid beleckt,
Das Heimchen zirpt im warmen Herd,
Den trocknes Reisig deckt.
Doch lindert nichts des Wandrers Schmerz,
Kein Wort, kein freundlich Spiel,
Es drückt ein Kummer schwer sein Herz —
Die Thräne niederfiel.
Das sieht der Eremit, und sich
Des gleichen Weh bewußt:
„„Du armer Fremdling, rief er, sprich,
Was quälet Deine Brust? —
Was hat vom Haus Dich weggelenkt,
Wo Dir das Glück gelacht?
Hat etwa Freundschaft Dich gekränkt,
Dich Liebe krank gemacht?
Es wird das Glück, das uns erblüht,
Rasch von der Zeit verzehrt,
Und wer um es sich ängstlich müht,
Deß Sinnen ist verkehrt.
Die Freundschaft ist nur leeres Wort,
Ein Zauber, der uns bannt —
Ein Schatten, der uns flieht sofort,
Wenn Ruhm und Reichthum schwand.

Die Liebe ist nur eitler Tand,
Der uns gar bald verläßt,
Die nur zu wärmen man erfand
Der Turteltäubchen Nest. —
Vergiß der Liebe Qual und Noth,
Und ihren bittern Schmerz!" "

   Des Wandrer's Wangen wurden roth,
Es pocht sein stürmend Herz;
Und voller Scham sein Antlitz hold
Zu bergen er sich müht, —
Wie wenn der Sonne rothes Gold
Am Morgenhimmel glüht;
Der milde Blick, des Leid's Gewalt,
Ein ängstlich Schmerzgestöhn
Verriethen in dem Wandrer bald —
Ein Mädchen jung und schön.

   "Ach, rief sie, guter Mann, verschont
Den Wandrer ohne Ruh,
An diesem heil'gen Orte wohnt
Der Himmel nur und Du.
Vergib dem Mädchen eine Bitt,
Das weit geirrt im Land,
Das Ruh gesucht mit jedem Schritt,
Doch nur Verzweiflung fand.

   Mein Vater wohnt am schönen Tyne,
Gar reich, von edlem Blut,
Sein ganzer Reichthum wartet mein,
Ich war sein höchstes Gut.

Nun zog mich aus des Vaters Arm
Mit falscher Gluth die Welt,
Sie liebte mich·nicht treu und warm,
Sie liebte nur mein Geld.
Wohl manch ein reicher Jüngling warb
Um mich zu jeder Stund';
Jung Edwin auch, doch bis er starb,
Sprach nicht von Lieb' sein Mund.
Er kam in niedrigem Gewand,
Ein edles treues Blut —
Nur innrer Werth, den er verband
Mit Weisheit, war sein Gut.
Und sang im Thal er mir, dem Kind,
Ein süßes Lied allein,
So lieh sein Hauch die Gluth dem Wind,
Und Harmonie dem Hain.
Die Blüthe in dem Himmelslicht,
Der Thau, der brinnen glüht,
Fürwahr, so lauter sind sie nicht,
So rein, wie sein Gemüth!
Der Thau, die Blüthe auf der Flur
Sind schön, doch kurze Zeit —
So hatte Schönheit Edwin nur,
Ich die Vergänglichkeit.
Ich hab' verletzt mit bösem Wort
Sein Herz, verzeih' mir's Gott —
Mit seinem Kummer trieb ich dort
Im Herzen bittern Spott! —

Ich hab' nur eiteln Stolz gekannt,
Was Edwin bald errieth,
Nun zog er in ein fernes Land,
Wo er wohl längst verschied. —
Der Gram ist mein, der Kummer mein,
Der Reue bittre Gluth —
Ich suche nun die Hütte sein,
Will ruhen, wo er ruht.
Von der Verzweiflung stets gejagt,
Will ich zum Tode ziehn,
Was Edwin so für mich gewagt,
Das wag' auch ich für ihn!"
„„Halt ein!"" rief laut der Eremit,
Umfaßt sie rasch in Lust; —
Sie wendet ängstlich ihren Schritt
Und lag — an Edwins Brust,
„„Du, Angelina, theuer mir,
Mein Engel! suchst Du mich? —
Dein lang verlass'ner Edwin hier
Lebt wieder neu für Dich!
Nun ruhe aus an meiner Brust
Vergessen sei das Leid;
Du, mein auf ewig, meine Lust,
Du meine Süßigkeit!
Wir lieben ohne Trennungsschmerz
Uns bis zum letzten Hauch,
Und bricht im Tod Dir einst das Herz,
So bricht das meine auch!""

Mein Garten.

Es blüht ein stiller Garten
Mir in der Seele tief,
Die Blumen will ich warten,
Die Gott lebendig rief.

Die Liebe ist der Regen,
Dein Aug' der Sonnenschein,
Die strömen ihren Segen
In meinen Garten ein.

Die allerschönsten Blüthen
Im reichsten Frühlingsglanz,
Die will ich emsig hüten,
Für Dich zu einem Kranz.

Den leg' ich Dir zu Füßen,
Wenn wir verbunden sind,
Dich still damit zu grüßen,
Du liebes süßes Kind!

Du meines Herzens Königin!

Du meines Herzens Königin,
Du Wonne meiner Tage,
Die ich entzückt von Anbeginn
Im treuen Herzen trage;
Du meines Lebens Sonnenlicht,
Du Traum der stillen Stunden,
Die Himmelswonne ahnst Du nicht,
Die ich in Dir gefunden.
Du mein, ich Dein auf immerdar,
Kein Trennen und kein Scheiden —
O welch ein Himmel wunderbar
Eröffnet sich uns Beiden!

Genefung.

Krank und matt und ohne Hoffen,
In der Seele herbe Pein,
Sitz' ich Armer, schwer getroffen,
Trüb in meinem Kämmerlein.
Was in still verborg'nem Walten
Mir des Arztes Kunst gebeut,
Hab' ich pflichtgetreu gehalten,
Doch wie weit vom Ziel, wie weit!
Nichts von Allem will mir frommen,
Keiner will mein Leid verstehn,
Und die Freunde, die da kommen,
Schütteln ernst das Haupt und gehn.
Siehe, da wandelt die Eine, die Süße,
Zagenden Schrittes vorüber am Haus,
Und ich entsende die glühendsten Grüße
Meinem lieblichen Kinde hinaus.
Meiner gedenkend mit liebendem Herzen,
Grüßt sie mich Armen mit freundlichem Mund —
Fort nun mit euch, ihr Sorgen und Schmerzen!
Sehet ihr Freunde, ich bin gesund!

O süßer Traum im Jugendthal!

O süßer Traum im Jugendthal,
In glückverklärten Räumen,
O wär's vergönnt mir, noch einmal
Als Kind Dich still zu träumen!
Wo ist des Vaters treue Hand,
Wo sind der Engel Schaaren,
Die liebend mir der Herr gesandt,
Vor Unheil mich zu wahren?
Wo ist der Vöglein süßer Sang,
Des Bächleins muntres Kosen,
Der Blüthenbusch am Waldeshang,
Die Lilien und Rosen?
Wo ist das liebe Vaterhaus,
Wo sind die grünen Auen;
Der Knaben muthig Ringen draus,
Der Mägdlein stilles Schauen?
Der Vater schläft so kalt und bleich
Den ew'gen Schlaf der Frommen,
Und hat hinauf in's Himmelreich
Die Engel mitgenommen.

Gewandert sind in's fremde Land
Die fröhlichen Genossen,
Im Vaterhaus hat fremde Hand
Mir längst die Thür verschlossen.
Die Rosen blühen immerfort,
Die Vögel singen wieder,
Doch ach! mein Herz, es ist verdorrt
Und taub für alle Lieder!

Allerseelen.

Allerseelen, Allerseelen!
Tag des Leides, Tag der Trauer!
Wie viel Lieben, die mir fehlen,
Deckt des Todes kälter Schauer!
Trennungsbilder, falbe Blätter,
Abgerissen von den Bäumen,
Scheucht ein herbstlich düstres Wetter
In des Friedhofs stillen Räumen.
Vor dem Kreuz und vor dem Steine,
Die der kalten Gruft entragen,
Blüht der schönsten Blumen eine,
Die die Liebe hergetragen;
Auf den Kranz der Immortellen,
Zu der Lieben Angedenken,
Ungesehen sich die hellen
Leidensthränen niedersenken!

III.

In froher Runde.

Bei einem Freund, der Dich versteht,
Da sollst Du die Worte nicht wiegen,
Der Geist, der in dem Weine geht,
Ist Manchem zu Kopf gestiegen.
Ersprießlich ist's, beim schäumenden Krug
In froher Runde zu sitzen,
Doch hast des Wein's Du fast genug,
So greife nach Deiner Mützen.

Der Strafsäbel

oder

der schlaue Hauptmann.

Mikado sitzt auf seinem Thron,
Der Herr der Japanesen;
Er ist der Götter eigner Sohn,
Das heiligste der Wesen.
Er spendet, wie es ihm gefällt,
Theils gratis, theils für schweres Geld
Die Titel und die Würden.

Nun ließ er jüngst nach altem Brauch
Den Daimio berufen,
Der warf sich eilends auf den Bauch
Und rutschte an die Stufen;
Mikado heißt ihn aufrecht stehn,
Er läßt ihn mild sein Antlitz sehn
Und fragt: „Was gibt es Neues?"

9*

„O Herr! sprach drauf der Daimio,
Ich kann Dir Gutes melden,
Die Truppen sind gesund und froh
Und kampfesmuth'ge Helden.
Man lebt im Land in Floribus,
Es ist ein wahrer Hochgenuß,
Und Alles ist zufrieden.

Nur Einer ist ein böser Wicht,
Ein abgefeimter Spötter,
Der fürchtet auch vor Dir sich nicht
Und lästert unsre Götter;
Das ist der Hauptmann Kansaki
Bei der beritt'nen Compagnie
Der schweren Luntenschützen!"

Mikado sprach: „Das thut mir leid,
Solch gröbliches Verschulden
Das können wir zu dieser Zeit
In unserm Heer nicht dulden;
Wie doch ein Mensch sich ändern kann —
Sein Vater war ein braver Mann,
Ich kenne die Familie.

Drum, weil ich früher ihn geehrt
Als alten Sohn des Landes,
So sei ihm eine Gunst gewährt
In Anbetracht des Standes.
Er schlitze gleich nach altem Brauch,
Mit eig'ner Hand sich auf den Bauch —
Ich geb' ihm selbst den Säbel!"

Er sprach's und greift sich an den Leib
Und löset sonder Zagen
Den Säbel, den zum Zeitvertreib
Er an dem Gurt getragen.
Der war vom allerfeinsten Schliff,
Geziert mit Gold, und trug im Griff
Viel edle Diamanten.

„Nimm hin, mein theurer Daimio,
Das Schwert, das ich dir spende,
Gib es dem Hauptmann so und so
In seine eignen Hände;
Sag einen schönen Gruß von mir,
Er soll als wackrer Cavalier
Noch heut' den Bauch sich schlitzen!"

Der Daimio ergriff das Schwert
Und lächelt fromm und heiter,
Gehorsam warf er sich zur Erd'
Und rutschte rückwärts weiter;
Vor des Palastes hohem Thor
Da traten gleich die Diener vor
Und er bestieg die Sänfte.

Es war ein schwüler Sommertag,
Kein Wind durchweht die Halme,
Der Hauptmann in dem Garten lag
Und schlief bei einer Palme;
Vor ihm sein gelber Diener stand
Mit einem Fächer in der Hand
Und jagte ihm die Mücken.

Da öffnet sich das Gartenthor,
Und ernsten, schweren Ganges
Tritt nun der Daimio hervor,
Der Mann des höchsten Ranges.
Ein Sklave rannte vor' und schrie:
„Wo ist der Hauptmann Kansaki?
Mein Herr wünscht ihn zu sprechen."

Und als der Hauptmann dies gehört
Durch seine Palmenblätter,
Da rief er: „Wer hat mich gestört? —
Millionendonnerwetter!"
Doch als er sah den Daimio,
Da that er gleich, als wär' er froh,
Und stellte sich in Achtung.

Drauf sprach er: „Dank der ew'gen Kraft,
Zu der wir Alle flehen!
Was hat die Ehre mir verschafft,
Dich, Herr, bei mir zu sehen?
Ich aß erst vorhin meinen Reis,
Der Mittag ist so schrecklich heiß,
Drum bin ich nicht in Gala!"

Doch dieser sprach mit finstrer Mien':
„Du hast verwirkt dein Leben!"
Dann reicht er ihm den Säbel hin,
Von seinem Herrn gegeben.
Auch macht er, nach dem Bauch gewandt,
Die Schlitzbewegung mit der Hand,
Zum Zeichen seiner Sendung.

Der Daimio ging wieder fort
So ernst wie er gekommen;
Der Hauptmann aber sagt kein Wort
Und hat das Schwert genommen.
Er schaut die Diamanten stumm —
Dann sprach er leis: „Es wär' doch dumm,
Den Bauch sich aufzuschlitzen!"

Rasch nimmt er Rock und Säbel mit
Vom Ort, wo er geschlafen,
Dann eilet er mit schnellem Schritt
Hinunter an den Hafen;
Da ankert ein Franzosenschiff
Und das war eben im Begriff,
Nach Frankreich abzufahren.

Der Daimio hat von der Stund'
Vom Hauptmann nichts vernommen,
Doch der ist munter und gesund
In Frankreich angekommen.
Er sah sich dort die Gegend an,
Dann ist er mit der Eisenbahn
Rasch nach Paris gefahren.

Der Kansaki, gar schlau und fein
In Thaten und Gedanken,
Verkauft alsbald den Säbel sein
Für hundert Tausend Franken.
Jetzt geht er auf die Boulevards,
Trägt einen schwarzen Frack sogar
Und spielt den reichen Nabob. —

So lang dir lächelt noch das Gold
Und Diamanten blitzen,
Dann brauchst du, wenn man dir auch grollt,
Den Bauch nicht aufzuschlitzen.
Der Säbel zieret einen Mann,
Doch sind noch Diamanten dran,
Ist er bei weitem besser.

An die Sonne.

Sonne sprich, was that die Erde,
Daß du sie so schlimm behandelst,
Und mit frostiger Geberde
Steif an ihr vorüberwandelst?
Willst du mürrisch dich entziehen,
Unser Sehnen kalt verlachen,
Sollen wir die Waldparthieen
Unterm Regenschirme machen?
Willst du nicht mehr deiner Rosen,
Die du sonst geküßt, gedenken?
Ach! auch uns're hellen Hosen
Hängen in den dunklen Schränken;
Wolken, gleißnerisch wie Schurken,
Stürmen regnend auf einander,
In den Gärten, statt der Gurken,
Wachsen gelbe Salamander.
Du ertränkst die Rosenblüthen,
Statt mit Wärme sie zu bessern,
Laß doch das — es gibt hienieden
Leute, die am Fasse wässern.

Flehend knie'n des Feldes Saaten,
Einen Strahl von dir zu kapern,
Tauchend aus der Fluth beim Baden
Fühlt man frostig Zähneklappern.
Sonne! nur ein Strahlenpfeilchen,
Mögst in's Wolkenmeer du schießen,
Daß von deiner Gluth ein Theilchen,
Sich in's Herz uns könne gießen,
Auch die Rosen und die Veilchen
Möchten gerne neu erfprießen.
Scheinst du Sonne uns ein Weilchen,
Daß wir wonnig dich genießen,
Wird den Leser dieser Zeilchen
Dieser Scherz auch nicht verdrießen. —

Kellerleben.

Wenn die Sterne ihre Bahnen
An dem Abendhimmel wandern,
Sitz' ich unter den Platanen
Auf dem Keller bei den Andern.

So viel Stern' am Himmel stehen,
So viel Kies liegt auf dem Boden, —
Und die Leute sich ergehen
In den allerschönsten Moden.

Damen mit dem Strickzeug harren,
Was man Neues weiß zu sagen, —
Herren rauchen nur Cigarren,
Um die Schnaken zu verjagen.

Sieh, da naht ein solches Thierchen,
Schwebt mir flötend um die Ohren,
Will mir, blutgewohnt, den gier'gen
Rüssel in die Wange bohren.

„Trinke, sprach ich, Thierlein trinke
Jetzt mein Blut, das purpurrothe, —
Doch dann flieg' dort zur Syringe,
Sei du heut mein stiller Bote;

Sieh! dort bei der Gaslaterne
Sitzt die Theure, meine Süße,
Sag ihr, daß ich aus der Ferne
Ihrer denke und sie grüße;

Flieg' ihr um die Rosenwangen,
Sag', du habest mich gesehen,
Und sie wird dann mein Verlangen
Und auch diesen Gruß verstehen!"

Thierlein flog zu jenem Orte,
Schwärmt um sie — da packt sie's plötzlich,
Tödtet es und spricht die Worte:
„Ach die Schnaken sind entsetzlich!"

Zum Jagdschluß.

(Speyer 1867.)

———

Als ich heut früh zum Schluß der Jagd
Noch einen Gang zum Wald gemacht,
Da sah ich hinter einem Stein
Ein ganz bescheid'nes Häselein.

Da sprach ich: „Ei mein lieber Haas,
Du läufst nicht fort, wie kommt denn das?
Erkennst du denn in deinem Sinn,
Daß ich kein böser Nimrod bin?“

Er sagt: „„Ich weiß so gut wie du,
Von heut an ist die Jagd ja zu,
Ein jeder brave Hase kennt's,
Wir haben heute Conferenz.““

„So hör' — ich bin kein Jägersmann
Und hab Euch nichts zu Leid gethan,
Drum hätt' ich eine kleine Bitt',
Nimm mich zu der Versammlung mit!“

Das war ihm recht, drum schritten wir
Selbander weiter in's Revier,
Und tief in einem dichten Thal
Da war das Wild schon allzumal.

Ein alter Fuchs war Präsident,
Saß auf dem Stuhle ganz am End',
Doch heiter war er grade nicht,
An einem Laufe hatt' er Gicht.

Er sprach: „O Wild, gesund und krank,
Die Jagd ist fertig, Gott sei Dank!
So reicht, ihr Thiere groß und klein,
Nun des Verlustes Listen ein!"

Da trat heraus ein alter Bock,
Der ging an einem Krückenstock,
Im Blatte saß noch etwas Blei,
Ich glaub' es war von Nummro zwei.

Daneben lag ein junges Reh,
Dem gab der Bock zuweilen Thee,
Die Lauscher hat es voll Charpie
Und eine Binde um das Knie.

Da sprach der Bock: „Ihr seht uns hier,
Ein Wittwer und ein junges Thier,
Die andern all kuriren sich,
Denn der Verlust ist fürchterlich.

Doch thu' ich der Gesellschaft kund,
Daß, wenn ich wieder ganz gesund,
So zieh ich tiefer in das Thal,
Verheirath' mich zum zweitenmal!"

Alsdann erschien ein alter Haas,
Der hatt' ein Pflaster auf der Nas,
Und hob die Löffel seitwärts hin,
Mir schien als säßen Schrote drin.

Er sprach: „Ihr Thiere, meinen Gruß,
O seht mich armen Lazarus,
Auf uns hat Jeder einen Schleim
Von Waldsee bis nach Germersheim;

Ich war verlobt, wie Alles weiß,
Und dachte an die Hochzeitsreis',
Da kam ein Mensch mit seinem Schrot,
Schoß mir ein Dutzend Bräute todt.

Als ich betrübt im Acker lag,
Ging dieser Mensch mir selber nach,
Da macht ich Männchen vor ihm her,
Er zielte, doch er traf nicht mehr.

Die große Schlacht bei Schifferstadt
Am meisten uns gekostet hat,
Fast alles ist noch krank, ich denk:
Die ganze Freundschaft hat die Krenk!"

Hierauf erschien noch ein Fasan,
Gab nicht sehr viel Verluste an,
Auch Wachtel, Ente, Huhn und Schnepf,
Und dann zwei Füchs, zwei schlimme Tröpf!

Zuletzt kam noch ein Keuler her,
Auch der beklagte sich recht sehr,
Der Mensch entdecke jede Spur
Der raffinirt'sten Saunatur.

Als nun das Wild am Schluß der Jagd
Die Listen alle eingebracht,
Da sprach der Fuchs: „Verfluchet sei
Das Institut der Jägerei.

Gar grausam ist der Mensch, — indeß
Ich glaube eine Dankadreß'
Votiren wir dem Jäger gut,
Der uns nicht viel zu Leide thut!"

Dies Schreiben gab der Fuchs mir mit,
Ich trug es her in schnellem Schritt,
Es freut den Jäger sicherlich,
Drum wer es wünscht, der melde sich.

Doch meldet sich kein einz'ger Mann
Und nimmt die Dankadresse an,
Ihm hätte ich ein Hoch gebracht,
So bring ich's denn auf's Wohl der Jagd.

Zur Berghauser Feldjagd.

(Am 7. Dezember 1867.)

1.

Im Wald und auf der Haide
Da find' ich meine Freude,
:,: Ich bin ein Jägersmann; :,:
   Auch sitz' ich gern beim Mahle,
   Wenn man im Speisesaale
   :,: Ein Jagdlied singen kann. :,:
Halli, Hallo ꝛc.

2.

Wir haben oft den Hasen,
Den Bock schon weggeblasen,
:,: Das Huhn auf grüner Au; :,:
   Auch sind wir, mit Verlangen,
   Im Schnee oft nachgegangen
   :,: Vergeblich mancher Sau. :,:
Halli, Hallo ꝛc.

3.

So thut im Jägerleben
Gar vieles sich begeben
:,: Im Wald und auf der Flur; :,:
Drum lasset Euch denn sagen,
Was in den letzten Tagen
:,: Uns Alles widerfuhr. :,:
Halli, Hallo ꝛc.

4.

Ich stand mit feuchtem Strumpfe
Einmal beim Dorf im Sumpfe,
:,: Wollt' Enten pürschen geh'n; :,:
Die Bauern aber haben
Da unten einen Graben,
:,: Auch da war nichts zu seh'n :,:
Halli, Hallo ꝛc.

5.

Doch plötzlich — halt — was hör ich!
Es watschelt was im Röhrig,
:,: Der treue Rustan steht — :,:
Er stößt mit bösem Grinsen
Ganz wüthig in die Binsen,
:,: Mein Rufen kam zu spät. :,:
Halli, Hallo ꝛc.

6.

Und jetzt — mir fehlt die Sprache —
Was fördert er zu Tage?
:,: Zwei Enten nett und rein; :,:
Die weißen Federn glänzen,
Sie hatten an den Schwänzen
:,: Kein wildes Federlein. :,:
Halli, Hallo 2c.

7.

Wohl war kein Schuß gefallen,
Doch schien den Bauern allen
:,: Die Unthat fürchterlich; :,:
Es kommen alle Weiber
Und seh'n die todten Leiber
:,: Von Ent' und Enterich. :,:
Halli, Hallo 2c.

8.

Und alle schrieen Zeter:
„Sie zahmer Ententödter,
:,: Wir dulden so was nicht! :,:
Wir werden schwer uns rächen,
Wenn Sie sofort nicht blechen,
:,: Dann kommt's vor's Landgericht". :,:
Halli, Hallo 2c.

9.

Ich mußte mich gedulden
Und zahlte rasch sechs Gulden,
:,: Das Geld vergeß ich nie; :,:
   Hab' mich dann heimbegeben,
   Doch stets an allen Gräben
    :,: Denk ich an's Entenvieh. :,:
Halli, Hallo ꝛc.

10.

Geht jetzt mein Hund mit Grinsen
Auf Enten in die Binsen,
:,: So geb' ich sorgsam Acht: :,:
   Sind's wilde oder zahme,
   Damit mir keine Dame
    :,: Hernach die Rechnung macht. :,:
Halli, Hallo ꝛc.

11.

Drum, wenn uns auch beim Jagen
In manchen bösen Tagen
:,: Das Waidwerk schon betrog, :,:
   Es muß uns doch gelingen,
   Drum laßt die Gläser klingen —
    :,: Die Jäger leben hoch! :,:
Halli, Hallo ꝛc.

Saumagenlied.

Preisend mit viel schönen Reden
Ihrer Speisen Werth und Zahl,
Saßen competente Männer
Einstens froh im Speisesaal.

„Herrlich schmeckt — so sprach der Erste —
Stets die Leber einer Gans,
Aber erst bei Brück in Landau
Kommt sie zu dem wahren Glanz."

„Lieber ist mir — sprach der Zweite —
Von den Gänsen stets die Brust;
Ja sogar die alten Pommern
Haben dies schon längst gewußt."

„Höret — sprach darauf der Dritte —
Eure Sachen sind wohl fein,
Doch ich lobe mir vor Allem
Leberwurst von Worms am Rhein."

„Ja die Wormſer ſind vortrefflich —
Sprach der Viert' — ich kenne ſie:
Doch es ſind die Otterberger
Delikater noch als die."

Und der Fünfte ſprach: „Ich ſchätze
Jeden hehren Wurſtgenuß,
Doch am Schwein iſt ſtets das Feinſte
So ein Ohr und eine Schnuß."

„Dieſe Sachen — ſprach der Sechste —
Kenn ich alle ſehr genau,
Doch es geht mir über Alles
Stets der Magen einer Sau;

Gut gefüllt, wie ſich's gebühret,
Hergerichtet mit Verſtand,
Ißt ihn froh bei Weib und Kinde
Jeder Unterthan im Land!"

Und es ſtimmt der Leberlober,
Wurſt= und Schnußverehrer ein:
„Sauenmagen iſt das Beſte,
Dieſer Füllſel=Edelſtein!"

Im Olymp.

(Am Fastnachtssonntag 1867 zu Ludwigshafen nach
einer musikalischen Unterhaltung.)

———

Jetzt hört emol, ihr liewe Leut,
Ihr wißt: s' isch Fastnachtssunndag heut;
Do könnt' mer sich — ihr derft mer's glawe —
E Bissel meh wie sunscht erlawe.
Doch all die alte Fastnachtsbosse
Die hämmer desmol bleiwe losse —
Die Zeite sin jo jetzt so dumm,
So ernscht, do isch's eem gar nit drum.
Ja, liewer Gott! zu meiner Zeit
Do war e Lewe in de Leut,
So hot mer nix meh zu erwarte:
Die Maskerade, Ranzegarde,
Die Kappefahrte, Maskebäll',
Die Narrezüg un des un sell —
S' war Alles froh, sogar die Parre!
Jetz sin die Leut zwar aach noch Narre,
Viel größere vielleicht wie sunscht —
Mer merkts nit so, des isch die Kunscht.

Also — mer treiwe heut le Späß,
No, s' geht aach so, s' isch doch als des,
Ich seh, die Leut sinn all nit mopsig —
Mir wär's a heut nit arig hopsig,
Ich war heut Nacht erscht uf em Baal,
Des war e flotter Carnewal;
Jetz habt nor noch e Zeitlang Ruh,
Dann will ich Euch verzähle, wu.

Geschtern Owend noch em Esse
Do bin ich lang deheim gesesse,
Vor zehne kammer doch nit schlofe,
Drum hock ich manchmol hinner 'm Ofe
Un guck, wie die Flamme knuschpern un brumme,
Der Märzwind geht, s' muß s' Frühjohr kumme.
Ich denk zurück an früh're Dage —
Na, alles brauch ich nit zu sage.
Uf emol seh' ich mitte im Zimmer
E herrlich Gestalt im Wolleschimmer;
(Es schlägt grad zwölfe uf der Uhr)
Wer war's — der Himmelsbott Merkur.
Er sägt: „Vum Jupiter schön Empfehl,
Ich soll Dich hole — meiner Seel! —
Vun Deine letzschte Gedichte alle
Hot em Jupiter keens gefalle;
Apollo soll, des isch sei Wille,
Dir wibder emol die Odere fille!"
No — denk ich — so was loßt sich höre,
Ja, wammer nor schun drowe wäre!

Ich frog en, wie's dann wär mit'm Frack —
„Jo — sägt er — des isch Lumpepack;
Bei uns werd's nit genau genumme,
Mer kann in de Himmel im Schlofrock kumme,
Do häng Dich unne an mei Strümp,
Ich führ' Dich selwer in de Olymp!"

 Ich pack en unne, er mich owe,
In zwee Minute ware mer drowe.
Do war e Lewe! Der Göttersaal
War hergericht zum Maskebaal,
Am Plafond hänge die hellschte Sterne,
Die brenne heut als Gaslaterne,
Mer war vum Glanz fascht ganz geblend't —
Die Pracht erscht newe an de Wänd!
Mit weißem Atlas ausgeschlage,
Der Glanz! — ich kann's fascht gar nit sage —
Cryschtallene Leischte an be Kante,
Genagelt mit Stifte vun Diamante,
Un Kränz un Fahne vun alle Sorte;
Uf bloem Grund mit goldene Borte
Hängt a noch jedem Gott sei Wappe.
Im Newezimmer buht Eener zappe,
Der weeß sich so prächtig zu wenne un drehe,
Ich hab noch ke schöneres Berschtel gesehe.
Do hot er sei Fässel uf silwerne Stufe,
Sie hän em nor als: „Ganymed" gerufe.
No war noch Ceni als Kellnerin do,
Mit seibene Schlickelcher himmelblo

Un mit eme rothe Atlaskleedche,
Des war doch gar zu schön, des Mädche —
E Kopp voll Locke — e wahres Wunner,
Natürlich war ke Chignon drunner,
Un erscht s' Gesichtel, so lieb un rund,
Die ganz Puschtur so frisch un gsund,
Sie hot for Jeden e golbenes Kächelche
Un hipselt als wie e Kanarievögelche,
Isch freundlich mit Jedem, bedient so fix,
Korzum — ihr Leut — so war noch nix!
Natürlich, die kluge Götter, die alte,
Die werre ke wüschti Kellnerin halte!
Ich sag emol zu er, sie soll sich setze,
Un wollt er e Bissel die Backe petze,
„Des geht nit, sägt se, der Jupiter sieht's,
Ich derf mich nit setze, die Ordnung verbiet's!"
Un richtig, — sie hot's noch kaum gesagt,
Do hot schun der Alt' e Fauscht gemacht.
„„Hebe, Hebe!"" ruft Eener hinne,
Ich weeß jo nimme mei Glas zu sinne!""
„Ja — sägt se — ich kumm. — Wie der wibber hot!
Des isch doch unser schlimmster Gott,
Er trinkt nix annersch meh wie Korze,
Der Bacchus isch's, en alter Knorze;
Ich wer's em Herkules sage misse,
Dann werd er wibber naus geschmisse!"
So sägt se un geht, des himmlische Wese,
Die Götter hän se nor Hebe geheeße.

Ja, der ihr Getränk, des war kurios,
Natürlich so trinke die Götter blos;
Den süße Geschmack, des prächtig Bouquet!
Ach, wann unser Neuer nur 'aach so eens hätt!
Ja, hätte mer doch vun dem die Reschter! —
Un jetz die Musik! Des war e Orcheschter!
Do dirigirt der Lanner, der Strauß,
Die geigen, do wackelt das ganze Haus.
Jupiter, der Vatter der Götter,
Der Fabrikant vun de Dunnerwetter,
Geht mit 'm Scepter im Saal erum,
Un muschtert emol sei Publicum.
Trotz sei 'm Alter is er noch eitel,
Trägt noch immer de Dunnerkeitel,
Un wann em ebbes grad im Weg is,
Do holt er sei Adler un sei Aegis.
Wie er mei Ankunft hot vernumme,
Loßt er mich glei zu sich kumme,
Frogt mich so verschiedene Sache,
Un zuletscht, was die Mensche mache.
Do sag ich: „Eure Majestät,
Ke Deiwel weeß, wie's ewe geht!"
„„Ja — sägt er — Du hoscht Recht beim Styx! —
Dann ich versteh fascht selwer nix!
E Dorchenanner wie Stroh un Häcksel,
Un jedi Woch Minischterwechsel,
Spektakelmache wie die Kinner,
Am End isch doch nit viel behinner;

Gelehrte Sache, neue Gesetze,
Un des sin nochher grad die letze —
Ja — gibt s' emol en dichtige Putsch,
Dann seib er all mit nanner futsch!
Ich wer demnächst mit Eure Bosse
Die Hauptkralehler kumme losse!""

Er schüttelt de Kopp un war erbittert,
Do hot der ganze Olymp gezittert.
Später beim Danz do führt er die Thetis,
Do haw' ich gesehe, was e Kleed is,
Des hot gerauscht wie Meereswoge,
Bun Ungeheuer war's durchzoge,
Es hot mer beinoh so geschiene,
Als wären's Haifisch un Delphine.
Noch denne kummt en anner Genus,
Des war Cupido un die Venus;
Owe am Kleed, so in der Mitte,
Do war se gehörig ausgeschnitte,
Hinner denne kummt der Pluto,
Der sägt ganz grob: „Na, was duhscht Du do?"
Awer do bin ich fortgekroche,
Der hot so arig noch Schwefel geroche.
Dann Diana un Neptun,
Gott! wie die so zärtlich duhn!
Dann Aurora un Vulcan
Stelle sich zum Danze an,
Hore, Grazie un die Muse
Kumme doher mit weiße Bluse,

Jedi hot noch uf de Spitze
So en kleene Amor sitze,
Dann e Maß' dun Götter un Helde —
So en Spektakel sieht mer selte.
Ich bin mit 'm Merkur per Arem gange,
Zum Danze hatt' ich te Verlange,
Mit Göttine danse! — do krägt ich's Fiewer,
Ich danz mit unsere Mädle liewer.

Nebenem Saal do war e Nisch,
Do sitze diel ältere Herre am Tisch,
Die duhn sich nix aus 'm Danze mache,
Sie rebbe dun allerlee annere Sache.
Merkur der stellt mich de Herre vor, —
Glei dorn hockt Eener mit struppige Hoor,
Der Beethoven war's, e mußiger, wilder,
Den haw ich gekennt so dun de Bilder.
Der Weber un e paar Italiener
Die hän Dischput, doch packt en Keener.
Der Mozart hot's mit 'm Meyerbeer,
Un sägt em: „Eigentlich g'hörschte nit her,
Mit Deine neue Spektakelopere
Wolltschte jo doch nor Geld erobere:
Verbrochene Schiff un giftige Bäm,
Un Gäul un Gäse — geig Dich heem!"
Zwee alte Herre mit faltige Mäntel,
Die sitze dernewe, der Bach un der Händel.
„No, sägt der Bach, Du kummscht aus der Palz,
Singen er mei Cantate noch als?"

Er stoßt mit mer an — s' war frisch gezappt —
Do kummt der Mars grad hergedappt,
Der war als Cürassier maskirt,
Die Eris hot er am Arm geführt.
Kaum hän se s' Gesicht daher gestreckt
Un hän die alte Herre entdeckt,
Do hot en die Eris fortgerisse,
Vun so Leut wolle se jo nix wisse.

Ich geh zum Bach jetz näher hin,
Do kummt die Juno, die Königin,
Sie loßt sich vum Apollo führe,
Un sägt: „Ich wer doch nit schenire —
Hawe die Herre dringende Sache
Do mit dem Fremde abzumache?
No, Mäschter Bach, mer danzen e Dur?"
„„Fraa Königin,, sägt druf Merkur,
Der Fremde do isch ewe kumme,
Ich haw' en aus der Palz genumme,
Jetz möcht der Bach vor alle Dinge
Wisse, ob se sei Sache noch singe!"„

. . . .

Der Mozart hot emol geschmunzelt,
Der Bach der hot die Stern gerunzelt.
„No, sägt er druf, mir duht's nur leed,
Daß uf der Welt nix zamme geht;
Jetz weeß te Mensch meh, was se mache,
Nor lauter so verzwickte Sache.
Do duhn se am Clavier rum lange,
Mer meent, sie dähten Mücke fange;

Ke Contrapunkt studiren se,
Viel dausend Notte schmieren se,
Un in der Oper, vorn un hinne,
Isch doch ke Melodie zu finne.
Wann des so fort geht in der Welt,
Do hot's in zwanzig Johr geschellt,
Dann so e Musik kann nit bilde —
Die Mensche werre widder Wilde!"

. . . . . .

So hot der Bach noch lang gescholte,
Ich weeß als selbscht nit, wem's gegolte.
Beethoven, Mozart un der Händel
Die wickle dief sich in die Mäntel.
Un wie ich nausguck in de Saal,
Do war aach schun zu End der Baal,
Die Hebe sitzt ganz müd im Eck,
Der Jupiter, der war schun weg,
Un uf em Divan hinnerm Ofe
Hot der Bacchus längscht geschlofe.
Der Ganymed hot aach gegumpt,
Do haw ich mein Merkur gestumpt,
Er packt mich owe, ich en unne —
In zwee Minute ware mer drunne.
Un voll vun all dene Wunner
Kumm ich in den Saal erunner.
Un bei dem Wetter, bei dem kalte,
Hab ich mei Schlofrock anbehalte.

Sophokles.

(Bei dem Stiftungsfest der Liedertafel zu Speyer
nach der Aufführung einer Travestie der Antigone, am
21. Januar 1865.)

———

Do war ich ewe vorem Haus,
War müd vum viele Hocke —
Den Schnee! — na bo siehts sauwer aus,
's sin fauschtesdicke Flocke.
Un wie ich draus so guck am Dohr,
Wie schön die Flocke fliege,
Do fallt mer eeni grad uf's Ohr
Un bleibt a fescht druf liege.
Ich greif dernoch mit meiner Hand,
Do fangt se an zu schwätze:
„Nä, sägt se, s'isch e wahri Schand,
Wie heut di Herre petze;
Der Vater Zeus isch arig bös,
Ich kumm jetzt grad vum Himmel,
Do drowe isch e schön Gedös,
E Lärm un e Gedümmel!"

„So, sag ich, no wu kummt des her,
So red', du kleen Orakel!
Was wormt die Götter dann so sehr,
Warum dann den Spektakel?" —

„Der Himmel, sägt se, war schun zu,
Ke Feuer meh im Ofe,
Die Juno legt sich grad zur Ruh,
Der Zeus hot schun geschlofe, —
Nor drei sin noch beisamme g'hockt,
Mars, Bacchus un Apollo,
Die hän noch ganz alleen tarockt,
Der Mars spielt grad Herzsolo —
Uf emol kreischt's: „O Basileus,
Kai Uranu kai Gaias!
De Dunner her, o Vater Zeus!
Ich bin doch grad ke Bajas!"
Do sterzen all die Götter raus,
In ihre Unnerhose;
Der Hermes rennt durchs ganze Haus
Un hot Alarm geblose.
Ke Göttin bleibt im Bett, o Weh,
Die ängschtliche Gesichter!
Sie rennen rum im Neglische,
In ihre Händ die Lichter.
Un endlich kummt der Vater Zeus,
Der war noch meh erschrocke,
Er rennt doher ganz kreideweiß
Im Schlofrock uf de Socke.

Wie arg der Mann verstawert war,
Des kann mer leicht bemesse:
Er hot ke Licht, drum hot er gar
Sei alt Perrück vergesse.
„Beim Styx, so ruft er, was isch los,
Wer hot den Lärm geschlage?
Silentium! Du, Hermes, bloß',
Wer ebbes weeß, solls sage."
Do kummt en alter groer Mann,
Erhawe, stolz un edel,
Er hot en große Mantel an,
Un Lorbeer uf em Schädel.
's hot manchi Göttin schun gelacht,
Un manche mache G'sichter,
Er awer tritt eraus un sagt:
„Ich bin e griechischer Dichter.
Dreidausend Johr schun glänze mer
Bum Ruhm, den wir erworwe,
In Speyer aber hän se mer
Grad 's beschte Stick verborwe;
Mit gröschter Fräd denk ich zurück
An all mei schöne Jambe,
Do drunne awer im Saal beim Sick
Do duhn se se verschlambe.
O Vater Zeus, mit bloße Strümp,
Du Herr des Himmelsstaates,
Ich bleib jetz nimme im Olymp,
Ich geh jetzt in de Hades!"

„No, fägt der Zeus, guck Sophokles,
Schneid nor te so Gesichter!
Zum Hades gehn, was nützt dich des?
Dort sin jo sunscht te Dichter;
Du bleibscht bei uns, un dort, du Gott
Apollo, mach dich fertig, —
Gleich stroffschte alles for den Spott,
Was aus der Palz gebertig.
So, jetzt gut Nacht, un loßt mer Ruh
Ihr Göttine un Götter,
Jetz schließe fescht die Schloßstub zu
Un geht in eure Better!"
Do hot sich Alles weg gemacht,
E paar die duhn noch brumme,
Der Sophokles alleen gibt Acht,
Was jetzt vor Strofe kumme.
Do schleicht sich awer langsam hin
Zum Bacchus Gott Apollo
Un sägt: „Ich hab heut Owend drin
Viel Bech gehat beim Solo;
Ich bin e Bissel ärgerlich
Un möcht aach geren schlofe,
Guck Bacchus, du kennscht heut for mich
Die Kerl do drunne strofe."
„Gut, fägt der Bacchus, 's isch mer recht,
Ich will die Strof diktire,
Wann eener knorrt, dann geht's em schlecht —
Ich wer se schun ranschire.

For s' erschte werd jetz dekretirt;
Ihr müßt bis viere sitze,
Bis daß ihr fescht mei Strofe spürt,
Un müßt de Mage spritze.
For's Zwett muß Jeder morge früh
Bis zehne, elfe schlofe,
Ich werr' Euch nochher erscht — un wie!
Mit Katzejammer strofe!
Doch daß mer nor nit Eener kummt
Un will noch lametire, —
Wann ihm der Schädel arig brummt
So eß' er saure Niere!"
So laut die Strof for unser Schaar,
Ihr wißt jetz was mer solle;
Es werd am End nit Eener gar
Noch appellire wolle!

Drum trinkt un bleibt nur ohne Fehl
Bis morge aus de Better,
Der Bacchus isch doch, meiner Seel!
Der flottscht dun alle Götter!

IV.

Zum Errathen.

Nach dem Mahl mit guten Bissen
Greift noch Mancher nach den Nüssen;
Rasche, wenn der Kern gediegen,
Sind sie taub, so laß sie liegen.

Es war ein Schwabe auf der Jagd
Und hat ein Thier geschossen;
Am Abend wurde er gefragt
Von seinen Jagdgenossen:
„Sag' an, Du bist ja heut so froh
Zurückgekehrt vom Jagen,
Was trafst Du für ein Thier und wo?
Das mußt Du uns jetzt sagen!"
Er sprach: „Ich ging, am Waldesrand,
Wo sich die Wege scheiden,
Da steht ein Werk von Menschenhand
Aus guten alten Zeiten.
An dieses lehnte ich mich an
Und spähte hin und wieder,
Da kam das Thier — ich schoß es dann
So ganz gemüthlich nieder.
Es ist nicht groß und nicht sehr schwer,
Ich werd' es nicht verkaufen,
Ich weiß nicht wie es kam hieher,
Es hat sich wohl verlaufen.
Ein Wort, deß erster Laut ein W

Das nennt Euch meine Beute,
Und an demselben Wort mit B
Hab ich gelauert heute!

Mit W — bedenkt: ein Schwabe spricht,
Doch wir sein Wort verstehen;
Mit B — gut deutsch, ihr fehlt es nicht,
Und habt es oft gesehen.
Nun sind die Wörter Euch bekannt,
So sagt mir unverdrossen:
Was ist's woran der Jäger stand,
Und was hat er geschossen?

Ich nenne eine Steinesschicht
Im Jura tief gezogen;
Gar mancher kennt den Namen nicht,
Doch alle Geologen.
Nun füge vorn ein Zeichen an.
Daß ich drei Silben habe,
Dann nenn' ich einen heil'gen Mann
Mit der Prophetengabe.
Wenn du mich rückwärts lesen wirst,
Verstärkt mit einem Zeichen,
Bin ich ein hoher Kirchenfürst
Bekannt in deutschen Reichen.

Die erſten zwei beim Krebs man findet,
Der Schneider braucht ſie unbedingt;
Wenn ihre Schärfe einmal ſchwindet,
Ihm keine Arbeit recht gelingt.
Die letzten zwei man ſuchen muß
Im Atelier des Optikus.
Das Ganze iſt nöthig und nicht zu verwerfen;
Es muß ja die beiden erſten ſchärfen,
Wenn ihnen die nöthige Kraft gebricht,
Doch Scheerenſchleifer iſt es nicht.

Die Sonne drückt, es lechzt die Flur
Und es vertrocknen Auen und Wieſen,
Da fallen die erſten und Mutter Natur
Läßt Alles in friſchem Grün erſprießen.
Die dritte, und vierte vielfältig bekannt,
Als Wort zuſammen geleſen,
Iſt über gerundete Theile geſpannt
Ein ſchwer beſchreibliches Weſen.
Das Ganze iſt eine Naturerſcheinung —
Du mußt die Phyſiker fragen;
Nun, Leſer, ſollſt Du mir Deine Meinung
Von dieſem Räthſel ſagen.

Die erſten zwei — in der Pfalz zu finden,
Die letzten zwei — ein Wort zum Binden.
Das Ganze, von Bronze, von Kupfer, von Eiſen,
Wird Dir in den Städten den Weg oft weiſen.

Mit l ein heil'ger Schatz, ein lichter,
Hort der Ritter und der Reinen.
Mit u erſcheint er als Vernichter
Deines dunkeln Haars, des feinen.
Mit m entſtellt es die Geſichter,
Bringt wohl Manchen auch zum Weinen.
Mit b jedweden Streites Schlichter,
Sichrer Troſt in Noth und Peinen.
Mit o ein Bad am Meerestrichter,
Wo viel Spanier ſich vereinen.
Mit s, den Froſch und ſein Gelichter
Birgt's dem Storch mit langen Beinen.
Mit ch in dem Krimkrieg ficht er
Auf der Feſtung, auf der kleinen.
Mit ß Statuenerrichter,
Aus Metall, aus Holz, aus Steinen.
Mit f kein Bürgersmann, kein ſchlichter,
Adam, Eva kannten keinen.
Mit y ein brit'ſcher Dichter,
Wenn wir nicht Johanna meinen.

Mit b besagt es, wie dem Richter
Die Injurien oft erscheinen.
Mit t, aus Bergeshöhen bricht er,
Horst dem Adler für die Seinen.
Mit n, der Heilkunst Dienstverrichter
Braucht oft zum Recept nur einen.
Mit d, auf allen Karten spricht er,
Hoch im Dienst freut er die Deinen.
Mit z — jetzt wirst Du stets erpichter,
Welche Stadt zum Schluß wir meinen.

An dem schönsten Frühlingstage
Stand die vierte in der dritten,
Sang in tiefgefühlter Klage
Was den Winter er gelitten.
Sieh da kommen ihm zur Plage
Beide ersten angeschritten.
„Euer störendes Genage,
Sprach er, muß ich mir verbitten."
Und bereit zu derbem Schlage
Stand er rasch in ihrer Mitten.
Haut dann kräftig mit dem Ganzen,
Daß sie aus einander tanzen.

Durch die offne Thür gerathen
In den Garten 1 und 2,
Thun dem 4 und 5 viel Schaden
Mit den Füßen und mit 3:
Denn der Gärtner hat indeſſen
In der Schenke nebenan
1 2 3 4 5 gegeſſen
Und das hat ihm wohlgethan.

Der Onkel Wilhelm iſt ein Mann
Mit Geld und Staatspapieren,
Und wer ihn einſt beerbt, der kann
Sich weiblich gratuliren.
Nun, Gretchen, ſeiner Schweſter Kind,
Wird Alles einſt bekommen,
Die hat er, wie die Onkel ſind —
Zu ſich in's Haus genommen.
Des Nachbars Peter liebt ſie treu,
Am treuſten auf der Erden;
Und Onkel wünſcht, daß dieſe zwei
Ein glücklich Pärchen werden.
Doch was auch ſtets der Alte ſpricht, —
Die Mädchen kennt ja Jeder —
Sie will und mag den Peter nicht —
Ach Gott! der arme Peter!

Der Onkel will nicht grausam sein, —
Denn Gretchen ist sein Alles;
Er lud daher den Peter ein
In Anbetracht des Falles.
Und als der Vielgeprüfte kam,
Die Antwort zu erwarten,
Empfing der Onkel ihn und nahm
Ihn mit sich in den Garten.
Fern auf der Bank am Mauerbach
Da saß die stolze Nichte,
Und las von Berthold Auerbach
Die schönste Dorfgeschichte.
Der Onkel sprach: „Ich wünschte sehr,
Daß Ihr Euch möchtet finden,
Doch hält es teufelmäßig schwer,
Ein Mädel zu ergründen.
Ja, Freund, ich kann Dir in der That
Nichts Gutes melden heute,
Drum nimm als wohlgemeinten Rath
Hier dies, von meiner Seite!"
Dann reicht er ihm ein Blümchen hin
Mit inhaltschwerem Namen,
Dem Peter aber in den Sinn
Des Blümchens Zeichen kamen. —
Und eh' er sich, im Herzen krank,
Entfernt von diesem Orte,
Ging er zu Gretchen an die Bank
Und sprach drei kleine Worte.

Die Worte, die er gesprochen hat,
Zu einem gelesen eben,
Die nennen Dir die ferne Stadt,
In die sich der Arme begeben.

Ihr Räthselhelden! Nun ihr kennt
Den Onkel und das Mühmchen;
Wer ist es, der die Stadt mir nennt,
Und auch das kleine Blümchen!

Einer meiner alten Bekannten
Ist in der Schlacht darauf gestanden;
Seine gute, alte Base
Trug's an ihrer alten Nase;
Von den Nichten, von den vielen,
Liebt es eine drauf zu spielen,
Find'st es auch an manchem Strauß, —
Nun, wer bringt dies jetzt heraus?

Sei mir gegrüßt, erstrahlend im Blau,
Gondeldurchfurchte Fluth bei Venedig!
Ein Zeichen heraus — ach! hat es die Frau,
So wünscht wohl Mancher, er wäre noch ledig.

Mit i ein Thier in Dorf und Stadt,
Durch Metzgerhand viel Tausend sterben,
Daß manchmal eins Trichinen hat
Soll uns die Schinken nicht verderben.
Doch nimm einmal das i heraus
Um dir das Rathen zu erschweren,
Dann steht es in des Fürsten Haus
An Hallen, Kirchen und Altären.

——— — · — —

Sie hält die Blumen in der Hand,
Die ihre Gunst erwarben!
Und trägt ein reizend Prachtgewand
Von wundervollen Farben.
Und ihr Geliebter naht entzückt:
„O Schönste du des Landes,
Wie heißt sie, die so schön dich schmückt,
Die Farbe des Gewandes?"
Sie aber spricht: „Ei lese du,
Nur rückwärts meinen Namen
Und füge noch zwei Zeichen zu, —
Sie kennen alle Damen!"
Nun, liebe Leserin, du weißt —
Wie sollt' ich zweifeln — Beides;
Wie hieß das Mädchen und wie heißt
Die Farbe ihres Kleides?

——— — — · — —

Die erften zwei im wälfchen Land
Sie tragen geiftliches Gewand.
Die Letzten macht der Handelsmann,
Wenn fein Gefchäft er führen kann;
Auch haben fich in allen Landen
Die Forfcher ftets darauf verftanden.
Es macht Dir viele Sorg' und Laft,
Wenn Du geftrenge Gläub'ger haft;
Drum willft Dein Weh Du ficher heilen,
So thu das Ganze nur zuweilen.

Wohlthätig ift des Erften Macht,
Das hab' ich mir fchon oft gedacht.
Doch nimmt es plötzlich überhand,
Kommt oft zu Schaden Stadt und Land,
Man fieht dann die Menfchen allein und in Haufen
In Haft durch alle Straßen laufen.

Das Letzte in vielerlei Geftalten
Sucht immer etwas abzuhalten,
Und gegen manche feindliche Kraft
Hat es fchon guten Schutz verfchafft. —
Sobald das Erfte tobt und dräut
Beginnt des Ganzen Wirkfamkeit;
Es rühren eifrig fich die Hände
Zu fchützen vor dem Elemente,

Es wirken die verschiednen Glieder,
Es steht darunter Hoch und Nieder,
Sie streben eifrig allzumal
Zu lenken recht des Wassers Strahl;
Des Ganzen Leitung mit Verstand
Sie ruht in einer einz'gen Hand.
Und wenn die beiden Ersten ruh'n,
So hat das Ganze nichts zu thun;
Doch wandelt der auf falschen Pfaden
Der diesmal: „Feuerwehr" gerathen.

Das Erste, ernst mit frommen Sinn,
In klösterlichem Frieden,
Es strebt nur nach dem Himmel hin,
Von aller Welt geschieden.

Das Zweite kömmt vom Himmel her,
Nur selten im Jahrhundert,
Und was es schafft, das wird gar sehr
Von aller Welt bewundert.

Das Dritte ist ein starkes Thier,
Doch sieht und trifft man's selten,
Und seine Gattung könnte schier
Als ausgestorben gelten.

Das Ganze, niemals eine Frau,
Hat vieles zu ergründen,

Du kannst's bei jedem großen Bau
Und bei den Bahnen finden.
Wir haben auch, von hier nicht weit,
Ein Zeugniß seiner Thaten.
Nun habt Ihr für die freie Zeit
Auch etwas zu errathen.

— — —

Es haben drei Männer sich in Paris
Getroffen vor einigen Wochen,
Und haben beim Weine das und dies
In deutscher Sprache gesprochen.
Und als sie gingen in später Nacht,
Nach vielen, traulichen Reden,
Da haben sie ein Hoch gebracht
Der Heimath eines Jeden.
Der Erste sprach: „Mein Vaterland,
Die Republik soll leben!
Darin die Stadt auch, wohlbekannt,
Die mir das Leben gegeben!"
Der Zweite sprach: „Mein Vaterland,
Mein Kaiser er soll leben!
Und auch das Städtchen, wohlbekannt,
Das mir das Leben gegeben.
Ein alt Geschlecht dort geblühet hat —
Doch wollt ihr mein Städtchen wissen,
So wird der Erste vor seine Stadt
Ein Silbchen setzen müssen!"

Der Dritte sprach: „Mein Vaterland
Mein König, er soll leben!
Und auch das Dorf, gar wohl bekannt
Das mir das Leben gegeben.
Der Römer daselbst gewohnet hat, —
Doch wollt Ihr das Dorf jetzt wissen,
So wird der Zweite vor seine Stadt
Ein Silbchen setzen müssen!"
Und als sie die Gläser zum Munde geführt,
Da ließen die Erste sie leben,
Die Erste, die sämmtliche Länder berührt,
Und Ihnen den Trunk gegeben.
Dann ließen die Freunde die Gläser ruh'n
Und gingen heim zum Schlafen.
Wie hießen die drei Orte nun
Ihr Herren Geographen?

Im Hotel zu Interlaken,
Wo wir jüngst verregnet staken,
Sind wir Mittags vor dem Essen
Lang am Fremdenbuch gesessen
Und studirten drin die Namen
Von Touristen, Herrn und Damen.
Stand dabei auch ein geehrter,
Vaterländischer Gelehrter,
Schon in vorgerückten Jahren;
Willst den Namen Du erfahren,
Rathe nur die beiden Letzten.

Als wir uns zur Tafel setzten,
Kamen Fremde, Alte, Junge,
Sprechend in verschied'ner Zunge.
Oben saß gespreizt die Erste
Und verbaute auch das Schwerste;
Ein ergrauter Geck daneben
Thät' sich viele Mühe geben,
Aus des Herzens tiefsten Falten
Diese 1. zu unterhalten,
Doch es ward ihm endlich klar,
Daß er ihr das Ganze war.

Jedermann im ganzen Saale
Labte weiblich sich am Mahle
Und verübte Heldenthaten,
Ohne sich dabei zu schaden;
Endlich kam auch noch ein Braten,
Der war minder gut gerathen.
Neben mir ein feines Herrchen
Konnte nicht den Zorn verbergen
Und in einer fremden Sprache
Führt er eine leise Klage,
Doch mir war vorher bekannt,
Daß er auch gut deutsch verstand;
Darum fragt' ich frank und frei,
Was er für ein Landsmann sei.
Freundlich fing er an zu lachen,
Legte sich auf's Witzemachen:

„Meine Landsmannschaft zu rathen, —
Sprach er — lauen Sie den Braten,
Er ist nicht nach unserm Brauch,
Wie er ist, das bin ich auch!"

Leser! Kannst Du mir nun sagen,
Wer wohl dort mit Wohlbehagen
Obenan am Tische saß?
Meine Erste deutet das.
Wie ihr jener Geck gewesen,
Kannst Du aus dem Ganzen lesen.
Willst Du den Gelehrten kennen,
Mußt die letzten zwei Du nennen.
Dann zuletzt mußt Du errathen
Noch die Eigenschaft vom Braten;
Dadurch wird Dir auch bekannt
Meines Nachbars Vaterland.

Das Erste:
Die Erste Silbe ist der Preis
Für Mühen und Beschwerden,
Und wer es recht zu schätzen weiß
Der handelt gut auf Erden.

Das Zweite:
In aufgeklärter Zeit zumeist
Wird Scherz mit ihm getrieben,
Doch ist's dem strengsten Forschergeist
Ein Räthsel stets geblieben.

Das Ganze:
Das Ganze ist Dir wohlbekannt,
In Blättern oft zu finden,
Auch hast Du's manchmal in der Hand —
Nun, kannst Du es ergründen?

———

Als wir in den dreißiger Jahren
Auf der Hochzeitsreise waren,
Kamen wir in eine Stadt
Wo es uns gefallen hat;
Gasthaus gut — nicht übertrieben —
Darum sind wir da geblieben,
Speisten table d'hôte um zwei,
Gute Bissen mancherlei,
Und die Er st e sagt dir das,
Was ich oft als Dessert aß.
Als das Essen war vorüber
Sagte meine Frau: „Mein Lieber!
Laß uns durch die Straße gehen
Und die schönen Läden sehen!"
Und nach langem Schau'n und Rathen
Gingen wir in einen Laden,
Kauften bei dem Kaufmann dorten
In verschiednen, schönen Sorten
Für die Frau die b e i d e n letzten,
Die sie damals sehr ergötzten.
Da ich nicht viel feilschen wollte,

Zahlt' ich gleich in blankem Golde,
Die gewünschte Summe her;
Doch mein Geld war etwas mehr,
Und der Kaufmann gab ein Stück
Seiner Münze mir zurück;
Was er aber mir gegeben,
Das besagt mein Ganzes eben.
An der Thür zum Nebenstübchen
Stand ein liebes kleines Bübchen,
Als ich fragt': Wie heißt denn du?
Rief er mir das Ganze zu.

———

Auf der Wanderung vor Zeiten
Stand ich einst beim Mittagläuten
Hoch auf eines Berges Gipfel
Unter grüner Bäume Wipfel.
Träumend noch von künft'gem Glücke
Ließ ich schweifen meine Blicke
Auf die Thäler, auf die grünen,
Auf die alten Burgruinen
Und die schroffen Felsenhöhen.
Lange, lange blieb ich stehen
Und dann schritt ich, frisch und munter
In das schöne Thal hinunter,
Dem viel Sieche und viel Kranken,
Stärke und Genesung danken.
Bald erschien die Häuserreih',
Vor mir lag jetzt 2 und 3.

Während ich so fürbaß schreite,
Kommt ein Mann an meine Seite,
Tragend etwas auf dem Rücken,
Doch es schien ihn nicht zu drücken.
Lang vom Neuen und vom Alten
Haben wir uns unterhalten.
Als ich ihm nun auch erkläre,
Daß ich etwas durstig wäre,
Sprach er: „Nun, da kann ich eben
Ihnen etwas Gutes geben."
Griff dann rasch nach 3 und 4,
Bot hierauf das Ganze mir;
Dies erlabte mich den Müden.
Eh' wir von einander schieden,
Fragt' ich ihn noch mancherlei,
Ob er wohn' in 2 und 3.
„Ja, sprach er, seit Jahren wohne
Ich daselbst mit meinem Sohne,
Hab' mir Heimath hier erkoren,
Doch ich bin am 1 geboren.
Bin mit Namen n getauft,
Hab im Wald mir Land gekauft,
Dieses hab' ich so gemacht,
Wie mein Nam' mit r besagt.
Sagen Sie nun, fremder Mann,
Hört man mir den Wälschen an?"

Auflösung der Räthsel.

Wildsäule, Bildsäule. — Lias, Elias, Sailer. — Augengläser. — Wasserhose. — Kandelaber. — Gral, grau u. s. w. — Ziegenhainer. — Ochsenmaulsalat. — Vergiß mein Nichtchen. Peter war Dein. Flügel. — Lagunen. — Säulein, Säulen. — Lina, Anilin. — Abbezahlen. — Regenschirm. — Oberin-Genie-Ur. Oberingenieur. — Rheinzabern. — Mißliebig, Ungar. — Preisräthsel. — Käsperle. — Pomeranzen. — Urban, urbar.